Agatha Christie

Das Geheimnis der Schnallenschuhe

Scherz
Bern – München – Wien

Überarbeitete Fassung der einzig berechtigten Übertragung
aus dem Englischen von Ursula von Wiese
Titel des Originals: »The Patriotic Murders«
Schutzumschlag von Heinz Looser
Foto: Thomas Cugini

22. Auflage 1994, ISBN 3-502-51220-5
Copyright © 1940, 1941 by Agatha Christie Mallowan
Gesamtdeutsche Rechte beim Scherz Verlag Bern und München
Gesamtherstellung: Ebner Ulm

1

Mr. Morley war beim Frühstück nicht besonders guter Laune. Er mäkelte über den gebratenen Speck, wollte wissen, warum der Kaffee wie flüssiger Schlamm aussehe, und brummte, jede neue Sorte Cornflakes sei noch ungenießbarer als die vorhergehende.

Mr. Morley war ein kleiner Mann mit energischem Unterkiefer und streitsüchtigem Kinn. Seine Schwester, die ihm den Haushalt führte, war groß und kräftig und sah aus wie ein Grenadier. Sie betrachtete ihren Bruder nachdenklich und fragte, ob das Badewasser wieder kalt gewesen sei.

Ziemlich widerwillig verneinte Mr. Morley. Er warf einen Blick in die Zeitung und knurrte, die Regierung scheine nun von bloßer Unfähigkeit in einen Zustand regelrechten Schwachsinns überzugehen.

Miss Morley bestätigte mit tiefer Baßstimme, es sei einfach schändlich.

Nachdem sich Mr. Morley eingehend über den Schwachsinn der Regierung ausgelassen hatte, trank er eine zweite Tasse von dem verachteten Kaffee und entledigte sich der eigentlichen Last, die ihn bedrückte.

»Die Mädchen«, sagte er, »sind alle gleich! Wankelmütig, egoistisch – man kann sich in keiner Weise auf sie verlassen.«

«Gladys?« fragte der Grenadier, und Mr. Morley knurrte: »Ja! Ihre Tante ist schwer erkrankt, und sie hat zu ihr nach Somerset fahren müssen.«

Miss Morley meinte: »Sehr unangenehm, mein Lieber, aber es ist doch wohl kaum ihre Schuld.«

Mr. Morley schüttelte düster den Kopf.

»Woher soll ich wissen, daß die Tante wirklich einen Schlaganfall gehabt hat? Woher soll ich wissen, daß die ganze Sache nicht ein abgekartetes Spiel ist zwischen dem Mädchen und diesem höchst unpassenden jungen Mann, mit dem sie dauernd herumzieht? Der Bursche ist ein Taugenichts, wie er im Buche steht! Wahrscheinlich haben sie für heute einen Ausflug zusammen verabredet!«

»Aber nein, mein Lieber – ich kann mir nicht denken, daß Gladys so etwas tun würde. Du hast sie doch selbst immer sehr gewissenhaft gefunden.«

»Ja, ja –«

»Ein intelligentes Mädchen, tüchtig und fleißig, hast du gesagt.«

»Ja, ja, Georgina – aber das war, ehe dieser unwillkommene junge Mann aufgetaucht ist. In der letzten Zeit ist sie anders geworden – ganz anders: geistesabwesend, zerstreut, nervös.« Der Grenadier tat einen tiefen Seufzer.

»Es ist nun einmal so, Henry, daß Mädchen sich verlieben. Dagegen läßt sich nichts machen.«

»Das sollte aber ihre Arbeit als meine Sekretärin nicht beeinträchtigen!« schnauzte Morley. »Und gerade heute, da ich besonders viel zu tun habe! Verschiedene sehr wichtige Patienten. Höchst unangenehm!«

»Ich bin überzeugt, daß es für dich äußerst lästig sein muß, Henry. Wie macht sich übrigens der neue Boy?«

Mr. Morley sagte düster: »Es ist der ärgste, den ich jemals gehabt habe. Kann keinen einzigen Namen richtig verstehen und hat die gröbsten Manieren. Wenn er sich nicht bessert, werfe ich ihn raus und versuche es mit einem anderen. Ich weiß nicht, was heutzutage in unseren Schulen los ist. Produzieren lauter Schwachköpfe, die nichts von dem verstehen, was man ihnen sagt, geschweige denn, daß sie es behalten.«

Er sah auf die Uhr.

»Ich muß runtergehen. Ein vollbesetzter Vormittag,

und außerdem muß ich noch diese Sainsbury Seale zwischendurch drannehmen, weil sie Schmerzen hat. Ich hab ihr vorgeschlagen, sich von Reilly behandeln zu lassen, aber sie hat nichts davon wissen wollen.«

»Natürlich nicht«, sagte Georgina.

»Reilly ist sehr tüchtig – wirklich sehr tüchtig. Erstklassige Diplome. Ganz modern in seiner Arbeit.«

»Er hat keine ruhige Hand«, murrte Miss Morley. »Meiner Meinung nach trinkt er.«

Ihr Bruder lachte – seine gute Laune war wiederhergestellt. »Ich komme, wie gewöhnlich, um halb zwei zu einem Sandwich rauf!« sagte er.

Im Savoy stocherte Mr. Amberiotis in den Zähnen und lachte vor sich hin. Alles lief nach Wunsch.

Er hatte Glück gehabt, wie gewöhnlich. Kaum zu glauben, daß die paar freundlichen Worte, die er mit diesem törichten Frauenzimmer gesprochen hatte, sich derart bezahlt machten! Ja – man mußte eben ein gütiger, freundlicher Mensch sein. Und großzügig! Künftig würde er sogar noch großzügiger sein können. Der kleine Dimitri ... Und der gute Konstantopopolous, der sich mit seinem kleinen Restaurant so plagen mußte. Was für angenehme Überraschungen standen ihnen bevor ... Der Zahnstocher rutschte aus, und Mr. Amberiotis zuckte zusammen. Die rosigen Zukunftsvisionen verblaßten und machten den Sorgen der unmittelbaren Gegenwart Platz. Er fühlte vorsichtig mit der Zunge und nahm sein kleines Notizbuch aus der Tasche.

»Zwölf Uhr, Queen Charlotte Street 58.«

Er versuchte, sich wieder in die frühere triumphierende Stimmung zu versetzen, aber vergeblich. Die Welt war zu sechs dürftigen Worten zusammengeschrumpft: Zwölf Uhr, Queen Charlotte Street 58.

Im Glengowrie Court Hotel in South Kensington war das Frühstück vorbei. Miss Sainsbury Seale saß in der Halle und unterhielt sich mit Mrs. Bolitho. Ihre Tische im Speisesaal standen nebeneinander, und sie hatten sich am Tage nach Miss Seales Ankunft vor einer Woche kennengelernt.

Miss Sainsbury Seale sagte: »Wissen Sie, meine Liebe, der Schmerz hat wirklich aufgehört! Nicht mehr der kleinste Stich! Ich möchte eigentlich fast anrufen und . . .«

Mrs. Bolitho unterbrach sie: »Also, jetzt seien Sie nicht töricht, meine Liebe. Sie gehen zum Zahnarzt, und dann haben Sie es hinter sich.«

Mrs. Bolitho war eine große, imponierende Person mit einer tiefen Stimme. Miss Sainsbury Seale war ein Wesen um die Vierzig mit gebleichtem Haar, das ihr in unordentlichen Locken um den Kopf hing. Ihre Kleider hatten keine rechte Form und sahen irgendwie künstlerisch aus; sie trug einen Zwicker, der dauernd herunterfiel, und redete viel.

Jetzt sagte sie schüchtern: »Aber ich habe wirklich überhaupt keine Schmerzen mehr.«

»Unsinn. Sie haben mir doch erzählt, daß Sie in der Nacht kein Auge schließen konnten.«

»Ja, das stimmt – das stimmt wirklich – aber vielleicht ist der Nerv jetzt tatsächlich tot.«

»Ein Grund mehr, um zum Zahnarzt zu gehen«, erklärte Mrs. Bolitho energisch. »Wir schieben es alle gern hinaus, aber das ist bloß Feigheit. Besser, man gibt sich einen Ruck und hat es dann hinter sich.«

Miss Sainsbury Seale setzte zu einer Antwort an. Vielleicht wollte sie rebellisch murmeln: »Ja, aber es ist schließlich nicht Ihr Zahn!« Sie sagte jedoch nur: »Wahrscheinlich haben Sie recht. Und Mr. Morley ist ja auch so vorsichtig und tut einem überhaupt nicht weh.«

Die Sitzung des Verwaltungsrats war vorüber. Alles war glattgelaufen. Der Geschäftsbericht war glänzend. Kein Mißton wäre am Platz gewesen. Und doch hatte Samuel Rotherstein, der eine Art sechsten Sinn für so etwas besaß, Derartiges empfunden: eine winzige Nuance im Auftreten des Präsidenten.

Einige Male hatte seine Stimme eine Schärfe angenommen, die durch den Verlauf der Sitzung keineswegs gerechtfertigt war.

Vielleicht irgendein geheimer Kummer? Allerdings war Rotherstein nicht imstande, die Vorstellung eines geheimen Kummers mit Alistair Blunt in Verbindung zu bringen. Dazu war der Mann zu leidenschaftslos. Er war so normal – so vollkommen britisch.

Natürlich konnte es die Leber sein. Auch Mr. Rotherstein hatte von Zeit zu Zeit Leberbeschwerden. Aber Alistair hatte noch niemals über seine Leber geklagt. Seine Gesundheit war ebenso unerschütterlich wie seine Nerven und sein finanzielles Geschick. Und doch – irgend etwas war da: Ein- oder zweimal hatte sich der Präsident mit der Hand ans Gesicht gegriffen. Er hatte im Sitzen das Kinn aufgestützt, eine für ihn ungewöhnliche Haltung. Und ein paarmal hatte er – ja, man mußte schon sagen: zerstreut ausgesehen.

Die Herren verließen das Sitzungszimmer und gingen die Treppe hinunter. Rotherstein sagte: »Ich kann Sie wohl nicht im Wagen mitnehmen?«

Alistair Blunt schüttelte lächelnd den Kopf. »Ich habe meinen eigenen Wagen unten.« Er schaute auf die Uhr. »Ich fahre nicht in die City zurück.« Nach einer Pause fügte er hinzu: »Ich muß nämlich zum Zahnarzt.«

Hercule Poirot stieg aus seinem Taxi, zahlte und klingelte am Haus Queen Charlotte Street 58.

Ein Bursche in roter Uniform öffnete die Tür; er hatte

Sommersprossen, rote Haare und einen ernsten Gesichtsausdruck.

Hercule Poirot sagte: »Zu Mr. Morley!«

Tief im Herzen gab er sich der lächerlichen Hoffnung hin, Mr. Morley sei vielleicht unpäßlich, sei abberufen worden oder könnte heute keine Patienten empfangen . . . Alles vergebens. Der Boy trat zurück, Hercule Poirot schritt durch den Hauseingang, und die Tür fiel mit der ruhigen Gefühllosigkeit eines unabänderlichen Verhängnisses hinter ihm zu.

Der Boy fragte: »Ihren Namen, bitte?«

Poirot nannte seinen Namen; eine Tür auf der rechten Seite der Halle flog auf, und er betrat das Wartezimmer. Der Raum war geschmackvoll möbliert und wirkte auf Hercule Poirot unbeschreiblich niederdrückend. Auf dem polierten Sheraton-Tisch lagen, sorgfältig geordnet, Zeitungen und Zeitschriften. Auf der Hepplewhite-Anrichte standen zwei versilberte Leuchter und ein Tafelaufsatz. Den Kaminsims krönten zwei Bronzevasen und eine bronzene Uhr. An den Fenstern hingen blaue Samtvorhänge. Die Sesselbezüge waren mit roten Vögeln und Blumen gemustert.

In einem der Sessel saß ein militärisch aussehender Herr mit grimmigem Schnurrbart und gelber Hautfarbe. Er betrachtete Poirot, als hielte er ihn für irgendein schädliches Insekt. Er schien nicht so sehr eine Schußwaffe zu vermissen als eine Flitspritze.

Poirot sah ihn verdrießlich an und dachte: Manche Engländer sind wirklich dermaßen unerfreulich und lächerlich, daß man sie schon bei der Geburt von ihrem Leiden erlösen müßte.

Nach längerem Glotzen riß der militärische Herr die *Times* an sich, rückte seinen Sessel so, daß ihm Poirots Anblick erspart blieb, und begann zu lesen.

Poirot griff nach dem *Punch*. Er ging ihn sorgfältig durch, konnte aber keinen der Witze komisch finden.

Der Boy kam herein, sagte: »Colonel Arrowbumby?« und führte den militärisch aussehenden Herr hinaus.

Während Poirot noch darüber nachdachte, ob es einen so unwahrscheinlichen Namen tatsächlich geben konnte, ging die Tür von neuem auf, und es erschien ein junger Mann von etwa dreißig Jahren.

Er trat an den Tisch und blätterte unruhig in den Zeitschriften.

Poirot sah ihn von der Seite an und dachte: Ein unangenehmer, gefährlich aussehender junger Mann – möglicherweise ein Mörder. Jedenfalls sah er weit mehr wie ein Mörder aus als viele von den Mördern, die Hercule Poirot im Laufe seiner Karriere geschnappt hatte.

Der Boy öffnete die Tür und sagte in die leere Luft: »Mr. Pierer?« Poirot zog den richtigen Schluß, daß diese Aufforderung ihm galt, und erhob sich. Er folgte dem Boy zum hinteren Ende der Halle und um die Ecke zu einem kleinen Aufzug, der sie in den zweiten Stock brachte. Dort führte ihn der Boy einen Gang entlang, öffnete die Tür zu einem kleinen Vorzimmer, klopfte an die zweite Tür, öffnete diese, ohne eine Antwort abzuwarten, und trat zurück, um Poirot eintreten zu lassen.

Unter dem Rauschen von fließendem Wasser ging Poirot hinein und entdeckte hinter der Tür Mr. Morley, der sich mit berufsmäßiger Gründlichkeit in einem Becken an der Wand die Hände wusch.

Auch im Leben der größten Männer gibt es gewisse demütigende Situationen. Man pflegt zu sagen, daß niemand vor seinem Kammerdiener ein Held ist. Es könnte hinzugefügt werden, daß wenige Männer vor sich selbst Helden sind, wenn sie den Zahnarzt besuchen.

Hercule Poirot war sich dieser Tatsache mit geradezu morbider Schärfe bewußt. Gewöhnlich hatte er eine sehr gute Meinung von sich selbst. Er, Hercule Poirot, war anderen Männern in vielfacher Beziehung überlegen. In diesem Augenblick jedoch war er unfähig, sich in irgendeiner Beziehung überlegen zu fühlen. Seine Moral hatte den Nullpunkt erreicht. Er war jetzt nichts anderes als jenes wohlbekannte feige Wesen: ein Mensch, der sich vor dem Zahnarzt fürchtet.

Mr. Morley hatte seine professionellen Waschungen beendet und sagte nun in seinem professionell ermunternden Ton: »Längst nicht warm genug für diese Jahreszeit, nicht wahr?«

Sachte geleitete er den Patienten an den kritischen Ort – zum Behandlungsstuhl! Er spielte gewandt mit der Kopfstütze, die er auf und nieder gleiten ließ.

Hercule Poirot tat einen tiefen Atemzug, stieg hinauf, setzte sich hin und überließ seinen Kopf ergeben den Händen Mr. Morleys.

»Haben Sie irgendwelche besonderen Beschwerden?« fragte er.

Etwas undeutlich, da die Bildung der Konsonanten mit offenem Mund ihm Schwierigkeiten bereitete, gab Hercule Poirot zu verstehen, daß keine besonderen Beschwerden zu verzeichnen seien. In der Tat handelte es sich nur um eine der beiden regelmäßigen jährlichen Untersuchungen, die sein Sinn für Ordnung und Reinlichkeit verlangte. Es war natürlich möglich, daß es überhaupt nichts zu tun gab ... Vielleicht übersah Mr. Morley den zweiten Zahn von hinten, der ihn unlängst so gezwickt hatte ... vielleicht – aber nicht wahrscheinlich, denn Mr. Morley war ein sehr guter Zahnarzt.

Mr. Morley ging langsam von Zahn zu Zahn, klopfte, stocherte und murmelte dazu kleine Bemerkungen.

»Diese Füllung ist ein bißchen abgenützt – nichts Ernstes. Das Zahnfleisch ist erfreulicherweise in recht gutem Zustand.« Aufenthalt an einer verdächtigen Stelle; eine Drehung der Sonde – nein, weiter – falscher Alarm. Jetzt nahm er den Unterkiefer vor. Nummer eins, Nummer zwei – weiter auf Nummer drei? Nein – »Der Hund«, dachte Poirot mit einem wirren Vergleich, »hat den Hasen gewittert!«

»Hier ist eine kleine Stelle. Haben Sie da gar keine Schmerzen gehabt? Hm, merkwürdig.« Die Untersuchung ging weiter. Endlich richtete sich Mr. Morley befriedigt auf.

»Alles in allem nichts Ernstes. Bloß zwei Füllungen und eine Spur von Karies an dem einen oberen Bakkenzahn. Ich glaube, wir können die ganze Arbeit in der heutigen Sitzung erledigen.« Er knipste einen Schalter an, und ein Summen ertönte. Mr. Morley nahm den Bohrer vom Haken und setzte mit liebevoller Sorgfalt eine Nadel ein.

»Sagen Sie, wenn es weh tut«, befahl er kurz und machte sich an sein furchtbares Werk.

Poirot brauchte von dieser Erlaubnis keinen Gebrauch zu machen; er brauchte nicht die Hand zu heben, zusammenzuzucken oder gar zu brüllen. Genau im richtigen Augenblick hielt Mr. Morley den Bohrer an, erteilte kurz den Befehl »ausspülen«, tupfte etwas auf den Zahn, wählte eine neue Nadel und bohrte weiter. Die Folter der Bohrmaschine bestand mehr in der Furcht als im Schmerz. Während Mr. Morley die Füllung vorbereitete, wurde das Gespräch aufgenommen.

»Muß heute alles selbst machen«, erklärte er. »Miss Nevill ist abberufen worden. Sie erinnern sich doch an Miss Nevill?«

Poirot bejahte die Frage heuchlerisch.

»Mußte zu einer kranken Verwandten aufs Land fahren. Solche Sachen passieren immer, wenn gerade viel zu tun ist. Ich bin heute morgen schon im Rückstand. Der Patient vor Ihnen hat sich verspätet. Sehr unangenehm, wenn so etwas vorkommt. Wirft den ganzen Terminplan um. Dann muß ich noch eine Patientin einschieben, weil sie Schmerzen hat. Für solche Fälle reserviere ich am Vormittag immer eine Extra-Viertelstunde. Immerhin, es verstärkt den Andrang.«

Mr. Morley guckte prüfend in seinen kleinen Mörser. Dann nahm er das Gespräch wieder auf.

»Ich werde Ihnen sagen, was ich immer beobachtet habe, Mr. Poirot. Die großen Leute, die bedeutenden Leute, halten sich immer genau an die Zeit – lassen einen niemals warten. Fürstlichkeiten zum Beispiel. Äußerst pünktlich. Und mit den großen Geschäftsleuten ist es ebenso. Gerade heute vormittag kommt ein sehr wichtiger Mann zu mir – Alistair Blunt!«

Mr. Morley betonte den Namen mit triumphierendem Klang.

Poirot, der durch mehrere Watteröllchen und ein unter seiner Zunge glucksendes Glasröhrchen am Sprechen gehindert war, gab ein unbestimmtes Geräusch von sich.

Alistair Blunt! Solche Namen waren es, die einen heutzutage erschauern ließen! Nicht Herzöge, Grafen oder Ministerpräsidenten – nein, Alistair Blunt. Ein Mann, dessen Gesicht dem großen Publikum fast unbekannt war – dessen Name nur in einer gelegentlichen kleinen Zeitungsnotiz auftauchte. Keineswegs eine auffallende Erscheinung. Bloß ein stiller, äußerlich durch nichts bemerkenswerter Engländer, der an der Spitze der größten englischen Bankfirma stand.

Ein Mann von ungeheurem Reichtum, ein Mann, dessen Wort Regierungen bildete und stürzte und der doch nur ein ruhiges, bescheidenes Leben führte, der niemals öffentlich auftrat oder Reden hielt. Und doch ein Mann, in dessen Händen höchste Macht lag . . .

Mr. Morleys Stimme klang immer noch ehrfürchtig, als er sich über Poirot beugte und die Füllung in den Zahn preßte.

»Kommt zu seinen Sitzungen immer pünktlich auf die Minute. Schickt seinen Wagen oft weg und geht zu Fuß ins Büro zurück. Netter, stiller, anspruchsloser Mensch. Spielt gern Golf und interessiert sich sehr für seinen Garten. Man käme nie auf die Idee, daß der Mann halb Europa aufkaufen könnte, ein ganz einfacher Mensch wie Sie und ich.«

Bei dieser unüberlegten Personenverbindung stieg ein plötzlicher Groll in Poirot auf. Zugegeben, Mr. Morley war ein guter Zahnarzt; aber es gab noch andere gute Zahnärzte in London. Es gab jedoch nur einen Hercule Poirot.

»Bitte spülen«, gebot Mr. Morley. Kritisch schaute er seinem Patienten in den Mund.

»So, das scheint in Ordnung zu sein. Schließen Sie bitte den Mund – langsam. Geht es ganz bequem? Sie spüren die Füllung gar nicht? Bitte nochmals öffnen. Nein, das scheint ganz in Ordnung.«

Das Tischchen schwang zurück, der Sessel drehte sich. Hercule Poirot kletterte herab, ein freier Mann.

»Also, auf Wiedersehen, M. Poirot. Ich hoffe, Sie haben in meinem Haus keinen Verbrecher aufgespürt?«

Poirot sagte lächelnd: »Vorhin erschien mir jeder wie ein Verbrecher! Jetzt wird sich das vielleicht geändert haben.«

»Ah, ja – vor oder nach dem Zahnarzt: Das macht

einen gewaltigen Unterschied! Obwohl wir die Leute heutzutage nicht mehr so quälen wie früher. Soll ich für Sie nach dem Aufzug klingeln?«

»Nein, nein, ich gehe zu Fuß.«

»Wie Sie wollen, der Aufzug ist gleich neben der Treppe.«

Poirot ging hinaus. Als er die Tür hinter sich schloß, hörte er, wie das Wasser im Waschbecken zu rauschen begann. Er ging die zwei Stockwerke hinunter. Vom letzten Treppenabsatz aus sah er, wie der angloindische Colonel zur Tür geführt wurde.

Der Mann sieht gar nicht so übel aus, dachte Poirot besänftigt. Vermutlich ein ausgezeichneter Schütze, der manchen Tiger erlegt hat. Ein brauchbarer Mann – eine regelrechte Stütze des Empire.

Er betrat das Wartezimmer, um Hut und Stock zu holen, die er dortgelassen hatte. Zu seinem Erstaunen war der unruhige junge Mann immer noch da. Ein weiterer Patient las den *Field*.

Poirots neuerwachte wohlwollende Stimmung veranlaßte ihn, den jungen Mann näher zu betrachten. Er sah immer noch so wild aus, als wolle er einen Mord begehen – aber nicht eigentlich wie ein Mörder, dachte Poirot freundlich. In kurzer Zeit würde dieser junge Mann nach überstandener Folter zweifellos mit vergnügtem Lächeln die Treppe hinabspringen und niemandem etwas Böses wünschen.

Der Boy kam herein und sagte klar und deutlich: »Mr. Blunt.«

Der Mann, der am Tisch saß, legte den *Field* hin und stand auf. Mittelgroß, in mittleren Jahren, weder dick noch mager. Gut angezogen, ruhig. Er verließ hinter dem Boy das Zimmer.

Einer der reichsten und mächtigsten Männer Englands – und doch mußte er wie jeder gewöhnliche Mensch zum Zahnarzt gehen und dort dieselben Seelenqualen durchmachen wie jeder andere!

Dieser Gedanke schoß Poirot durch den Kopf, während er Hut und Stock nahm und zur Tür ging. Auf der Schwelle sah er sich noch einmal um und erschrak: Der junge Mann mußte in der Tat sehr böse Zahnschmerzen haben!

In der Halle blieb Poirot einen Augenblick vor dem Spiegel stehen, um seinen Schnurrbart in Ordnung zu bringen, der durch Mr. Morleys Bemühungen leicht durcheinandergeraten war.

Eben hatte er das Werk zu seiner Zufriedenheit vollendet, als der Lift wieder herunterkam und der Boy unter mißtönendem Pfeifen aus dem hinteren Teil der Halle auftauchte. Beim Anblick Poirots brach er seine musikalische Darbietung abrupt ab und kam nach vorn, um ihm die Haustür zu öffnen.

In diesem Augenblick fuhr ein Taxi vor, die Tür öffnete sich, und ein weiblicher Fuß wurde sichtbar. Poirot betrachtete den Fuß mit galantem Interesse. Eine schmale Fessel, ein Strumpf von recht guter Qualität. Gar kein schlechter Fuß. Aber der Schuh gefiel ihm nicht. Ein nagelneuer Lackschuh mit einer großen, blitzenden Schnalle. Er schüttelte den Kopf.

Nicht schick – geradezu provinziell!

Als die Dame aus dem Taxi stieg, blieb sie mit dem andern Fuß an der Tür hängen und riß sich dabei die Schnalle ab, die klirrend aufs Pflaster fiel. Ritterlich sprang Poirot hinzu, hob die Schnalle auf und überreichte sie der Eigentümerin mit einer Verbeugung.

O weh! Eher fünfzig als vierzig. Zwicker auf der Nase. Unordentliches, gelblichgraues Haar – ein Kleid, das ihr nicht stand: ein scheußliches, niederdrückendes Grün! Sie dankte ihm: Der Zwicker fiel zu Boden, die Tasche folgte. Poirot, höflich wie immer, wenn auch

17

nicht mehr galant, hob beides auf.

Sie ging die Stufen zum Haus Queen Charlotte Street 58 hinauf, und Poirot wandte sich an den Chauffeur, der mürrisch sein mageres Trinkgeld betrachtete.

»Sie sind frei, was?«

Der Chauffeur sagte düster: »Ja, ja, ich bin frei.«

»Ich auch«, sagte Hercule Poirot. »Frei von allen Sorgen!«

Er bemerkte, daß der Mann ihn mit tiefem Mißtrauen ansah.

»Nein, lieber Freund, ich bin nicht betrunken. Ich bin nur beim Zahnarzt gewesen und muß erst in sechs Monaten wieder hin. Das ist ein wundervolles Gefühl.«

2

Es war Viertel vor drei, als das Telefon läutete.

Hercule Poirot saß gerade in seinem Lehnstuhl und verdaute zufrieden ein ausgezeichnetes Mittagsmahl. Er rührte sich nicht, als das Klingelzeichen ertönte, sondern wartete darauf, daß der treue George erscheinen und das Gespräch entgegennehmen würde.

»*Eh bien?*« fragte er, als George: »Einen Augenblick« murmelte und den Hörer senkte.

»Es ist Chefinspektor Japp.«

»Aha!« Poirot hob den Hörer ans Ohr. »*Eh bien, mon vieux*«, sagte er. »Wie geht es?«

»Sind Sie es, Poirot?«

»Natürlich.«

»Ich höre, Sie sind heute früh beim Zahnarzt gewesen? Stimmt das?«

»Scotland Yard erfährt alles«, murmelte Poirot.

»Bei einem gewissen Morley, Queen Charlotte Street 58?«

»Ja.« Poirots Stimme hatte sich verändert. »Warum?«

»Es war ein richtiger Besuch beim Zahnarzt, ja? Ich meine – Sie sind nicht hingegangen, um etwas herauszukriegen oder so?« fuhr Chefinspektor Japp fort.

»Keineswegs. Wenn Sie es genau wissen wollen: Er hat mir drei Füllungen gemacht«, antwortete Poirot.

»Was für einen Eindruck haben Sie von ihm gehabt? Hat er sich so benommen wie immer?«

»Doch, das möchte ich eigentlich behaupten. Warum?« Japps Stimme war von berufsmäßiger Kühle.

»Weil er sich kurz darauf erschossen hat.«

»Was?«

Japp fragte scharf: »Das überrascht Sie?«

»Offen gestanden: ja.«

»Ich sehe in der Sache nicht ganz klar«, sagte Japp. »Würde gern mit Ihnen darüber sprechen. Sie können wohl nicht vorbeikommen, oder?«

»Wo sind Sie denn?«

»In der Queen Charlotte Street.«

»Ich komme sofort!« erwiderte Poirot.

Die Haustür von Nummer 58 wurde von einem Polizisten geöffnet. Er fragte respektvoll: »M. Poirot?«

»Jawohl!«

»Der Chefinspektor ist oben im zweiten Stock. Sie wissen, wo?«

»Ich war heute vormittag da.«

Drei Männer befanden sich im Zimmer. Japp schaute auf, als Poirot hereinkam.

»Freue mich, Sie zu sehen, Poirot. Wir wollen ihn gerade abtransportieren. Möchten Sie ihn vorher sehen?«

Ein Mann mit einer Kamera, der neben der Leiche ge-

19

kniet hatte, stand auf. Poirot trat vor. Die Leiche lag in der Nähe des Kamins. Mr. Morley sah im Tod fast so aus, wie er im Leben ausgesehen hatte. Knapp unter seiner rechten Schläfe saß ein kleines, geschwärztes Loch. Eine kleine Pistole lag neben seiner ausgestreckten Hand auf dem Fußboden.

Poirot schüttelte langsam den Kopf.

Japp sagte: »Also gut, Sie können ihn jetzt fortschaffen.«

Mr. Morley wurde hinausgetragen. Japp und Poirot blieben allein.

Poirot setzte sich und sagte: »Erzählen Sie.«

Japps Gesicht war sehr nachdenklich.

»Es ist möglich, daß er sich erschossen hat. Es ist sogar wahrscheinlich. Auf der Waffe sind nur seine eigenen Fingerabdrücke. Aber ganz überzeugt bin ich nicht.«

»Was spricht Ihrer Auffassung nach dagegen?«

»Also, zunächst einmal sehe ich keinen Grund für einen Selbstmord. Morley war gesund, er hat gut verdient, und niemand weiß etwas von Sorgen, die er gehabt haben könnte. Er war auch in keine Weibergeschichte verwickelt.« Japp verbesserte sich vorsichtig: »Wenigstens soweit wir wissen. Er war nicht trübsinnig oder bedrückt oder anders als sonst. Das ist einer der Gründe, weswegen mir daran liegt, Ihre Meinung zu hören. Sie haben ihn heute früh gesehen, und ich würde gern wissen, ob Ihnen etwas Besonderes aufgefallen ist.«

Poirot schüttelte den Kopf.

»Gar nichts. Er war – wie soll ich sagen – die Normalität in Person.«

»Das läßt die Sache in einem merkwürdigen Licht erscheinen, nicht wahr? Jedenfalls würde man nicht annehmen, daß jemand sich sozusagen mitten in der

Geschäftszeit erschießt. Warum hat er nicht bis heute abend gewartet? Das wäre das Natürliche gewesen.«

Poirot pflichtete ihm bei.

»Wann hat sich die Tragödie ereignet?«

»Schwer zu sagen. Anscheinend hat niemand den Schuß gehört. Aber das war auch nicht gut möglich. Zwischen diesem Zimmer und dem Korridor liegen zwei Türen, die beide mit Filz abgedichtet sind.«

»Wann ist er aufgefunden worden?«

»Ungefähr um halb zwei – durch den Boy Alfred Biggs. Kein großes Kirchenlicht, in keiner Beziehung. Anscheinend hat die Patientin, die für halb ein Uhr bestellt war, Krach geschlagen, weil sie so lange warten mußte. Etwa um ein Uhr zehn ist der Boy heraufgekommen und hat geklopft. Er bekam keine Antwort und wagte offenbar nicht, hineinzugehen. Morley hatte ihn schon ein paarmal angeschnauzt, und er hatte Angst, wieder etwas verkehrt zu machen. So ging er wieder hinunter, und die Patientin hat um ein Uhr fünfzehn wutschnaubend das Haus verlassen. Ich kann es ihr nicht verübeln. Man hatte sie fast eine Stunde warten lassen, und sie wollte zu Mittag essen.«

»Wer war die Patientin?«

Japp grinste.

»Der Aussage des Boys nach eine Miss Shirty – aber aus dem Ordinationsbuch geht hervor, daß sie Kirby hieß.«

»Wie hat sich das Hereinrufen der Patienten gewöhnlich abgespielt?«

»Wenn Morley bereit war, den nächsten Patienten zu empfangen, hat er auf den Klingelknopf dort drüben gedrückt, und dann hat der Boy den Patienten heraufgebracht.«

»Und wann hat Morley zum letzten Mal auf den Klingelknopf gedrückt?«

»Fünf Minuten nach zwölf. Der Boy hat den wartenden Patienten heraufgeführt. Laut Ordinationsbuch war es Mr. Amberiotis, zur Zeit im Savoy wohnend.«

Ein schwaches Lächeln umspielte Poirots Lippen. Er murmelte: »Ich bin neugierig, was unser Boy aus dem Namen gemacht hat!«

»Ein hübsches Durcheinander, möchte ich behaupten. Wir können ihn ja fragen, wenn uns nach Lachen zumute ist.«

Poirot sagte: »Und um welche Zeit ist dieser Mr. Amberiotis fortgegangen?«

»Das weiß der Boy nicht, weil er ihn nicht hinausgelassen hat. Viele Patienten gehen einfach die Treppen hinunter, ohne nach dem Lift zu klingeln, und verlassen ungesehen das Haus.«

Poirot nickte.

Japp fuhr fort: »Aber ich habe im Savoy angerufen. Mr. Amberiotis hat mir ganz präzise Angaben gemacht. Er sagt, er habe auf die Uhr gesehen, als er die Haustür hinter sich schloß, und da sei es fünfundzwanzig Minuten nach zwölf gewesen.«

»Etwas von Bedeutung konnte er Ihnen nicht mitteilen?«

»Nein. Er meinte nur, der Zahnarzt habe einen vollkommen normalen und ruhigen Eindruck gemacht.«

»Eh bien«, murmelte Poirot, »das ist also anscheinend ganz klar. Zwischen zwölf Uhr fünfundzwanzig und ein Uhr dreißig ist etwas vorgefallen – und zwar vermutlich eher gegen den ersten Zeitpunkt hin.«

»Richtig, denn sonst . . .«

»Sonst hätte er nach dem nächsten Patienten geklingelt.«

»Ganz meine Meinung. Dem entspricht auch der ärztliche Befund, soweit man damit etwas anfangen kann. Der Polizeiarzt hat die Leiche untersucht – um zwei

22

Uhr zwanzig. Er wollte sich nicht festlegen – das tun sie heutzutage nie, angeblich wegen der Verschiedenheiten in der individuellen Reaktion. Immerhin sagt er, daß Morley nicht später als ein Uhr erschossen worden ist, wahrscheinlich aber sogar erheblich früher – eine bestimmtere Angabe wollte er nicht machen.«

Poirot meinte nachdenklich: »Dann ist also unser Zahnarzt um zwölf Uhr fünfundzwanzig ein normaler Zahnarzt, liebenswürdig, gesittet und tüchtig. Und danach? Verzweiflung, Entsetzen – was Sie wollen –, und er erschießt sich.«

»Komisch ist es schon«, sagte Japp. »Sie müssen zugeben, daß es komisch ist.«

»Komisch«, meinte Poirot, »ist nicht das richtige Wort.«

»Ja, ja, ich weiß – aber man sagt das eben so. Es ist sonderbar – wenn Ihnen dieses Wort besser gefällt.«

»Hat die Pistole ihm gehört?«

»Nein, er hat überhaupt keine besessen. Hat nie eine besessen. Seine Schwester behauptet, im ganzen Haus sei keine Waffe. Natürlich könnte er sie gekauft haben, falls er sich entschlossen hatte, Selbstmord zu begehen. Wenn ja, werden wir bald Näheres darüber wissen.«

Poirot fragte: »Worüber machen Sie sich sonst noch Gedanken?«

Japp rieb sich die Nase.

»Nun – zum Beispiel über die Art, wie er dalag. Ich will nicht behaupten, daß es unmöglich ist, so hinzufallen – aber irgend etwas daran hat nicht gestimmt! Und dann waren auch auf dem Teppich ein paar Spuren – als ob etwas darübergeschleift worden wäre.«

»Das könnte entschieden eine Bedeutung haben.«

»Ja – falls nicht der Boy die Hand dabei im Spiel hat. Ich habe das Gefühl, daß vielleicht er versucht hat, die

Leiche vom Platz zu bewegen, nachdem er sie entdeckt hatte. Das leugnet er natürlich, aber vielleicht bloß aus Angst. Er ist einer von diesen jungen Eseln, die immer irgendeine Ungeschicklichkeit begehen, dann dafür angeschrien werden und infolgedessen fast automatisch dazu gelangen, in jeder Lebenslage zu lügen.«

Poirot sah sich nachdenklich im Zimmer um. Er schaute auf das Waschbecken, das hinter der Tür an der Wand befestigt war, und auf den hohen Aktenschrank auf der anderen Seite der Tür. Auf den Behandlungsstuhl und die ihn umgebenden Apparaturen beim Fenster, dann auf den Kamin und schließlich wieder auf die Stelle, wo die Leiche gelegen hatte; neben dem Kamin befand sich eine zweite Tür.

Japp deutete auf die Tür neben dem Kamin. »Da drin ist noch ein kleines Büro.« Er öffnete die Tür. Sie führte in einen kleinen Raum, der einen Schreibtisch, einen Tisch mit Spirituskocher und Teegeschirr sowie einige Stühle enthielt. Einen zweiten Ausgang gab es nicht.

»Hier hat seine Sekretärin und Assistentin gearbeitet«, erklärte Japp. »Miss Nevill. Sie ist heute anscheinend nicht dagewesen.«

Poirots Blick begegnete dem seinen. Poirot sagte: »Ich erinnere mich, daß er mir davon erzählt hat. Könnte nicht auch das – ein Argument gegen den Selbstmord sein?«

»Sie meinen, man hätte sie absichtlich fortgelockt?« Er zögerte einen Augenblick und fragte dann: »Aber wenn Morley wirklich ermordet werden ist – wer hätte es tun können?«

»Nahezu jeder hätte es tun können«, erklärte Poirot ernst. »Seine Schwester konnte ihn erschießen, sein Partner Reilly konnte es tun, der Boy Alfred – alle Patienten besaßen die Möglichkeit, Morley zu töten.« Er

24

überlegte einen Augenblick. »Am leichtesten von allen konnte ihn Amberiotis erschießen.«

»Aber in dem Fall müssen wir herausfinden, warum.«

»Ganz richtig. Sie sind wieder bei dem ursprünglichen Problem angelangt: Warum? Amberiotis wohnt im Savoy. Warum sollte ein reicher Grieche den Wunsch haben, einen harmlosen Zahnarzt zu erschießen?«

»Das ist tatsächlich unsere Hauptschwierigkeit: das Motiv!«

Poirot zuckte die Achseln.

»Es sieht so aus, als habe der Tod in ganz unkünstlerischer Weise den Falschen ausgesucht. Der geheimnisvolle Grieche, der reiche Bankier, der berühmte Detektiv – wie natürlich hätte es sich gemacht, wenn einer von diesen erschossen worden wäre! Denn geheimnisvolle Ausländer können in Spionagegeschichten verwickelt sein, reiche Bankiers haben Verwandte, die von deren Tod profitieren, und berühmte Detektive bilden eine Gefahr für verbrecherische Elemente.«

»Wogegen der arme alte Morley niemandem etwas zuleide getan hat«, ergänzte Japp mißmutig.

»Vielleicht doch?«

Japp fuhr herum.

»Woran denken Sie?«

»An nichts. Nur eine zufällige Bemerkung.« Er berichtete Japp, daß Morley so nebenbei etwas über sein Physiognomiengedächtnis und das Wiederauftauchen eines bekannten Gesichts unter seinen Patienten gesagt hatte.

Japp machte ein bedenkliches Gesicht.

»Möglich ist es schon, nehme ich an. Aber es scheint ein bißchen weit hergeholt. Es muß jemand gewesen sein, der seine Identität verschleiern wollte. Unter den Patienten heute morgen ist Ihnen niemand aufgefallen?«

25

Poirot murmelte: »Im Wartezimmer habe ich einen jungen Mann bemerkt, der aussah wie ein Mörder!«

Japp meinte überrascht: »Was meinen Sie damit?«

Poirot lächelte: »*Mon cher* – das war, als ich das Haus betrat! Ich war nervös, voll dummer Gedanken – *enfin*, ich war schlechter Laune. Alles erschien mir in einem unheilvollen Licht. Das Wartezimmer, die Patienten, sogar der Treppenläufer! In Wirklichkeit wird der junge Mann wohl nur böse Zahnschmerzen gehabt haben – das war alles!«

»Ich weiß, wie das ist«, sagte Japp. »Trotzdem werden wir uns Ihren Mörder einmal näher ansehen. Wir werden uns alle möglichen Verdächtigen vornehmen, ob es nun Selbstmord ist oder nicht. Ich denke, das nächste wird eine nochmalige Unterhaltung mit Miss Morley sein. Ich habe sie nur ganz kurz gesprochen. Natürlich war es ein schwerer Schlag für sie, aber sie gehört zu den Leuten, die nicht zusammenklappen. Kommen Sie, wir wollen mit ihr sprechen.«

Hoch aufgerichtet und unbewegt hörte Georgina Morley den beiden Männern zu und beantwortete ihre Fragen. Sie sagte mit Nachdruck: »Es scheint mir unglaublich – ganz unglaublich –, daß mein Bruder Selbstmord begangen haben soll!«

»Ist Ihnen klar, Mademoiselle, daß dann nur eine einzige andere Möglichkeit übrigbleibt?« sagte Poirot.

»Sie meinen: Mord.« Einen Augenblick schwieg sie nachdenklich. Dann sagte sie langsam: »Es stimmt – diese Lösung erscheint ebenso unmöglich wie die andere.«

»Aber nicht ganz so unmöglich?«

»Nein, weil – verstehen Sie, in meinem Fall spreche ich von etwas, das ich genau kannte, nämlich vom Seelenzustand meines Bruders. Ich weiß, daß ihn nichts be-

drückte, daß er keinen Grund – nicht den geringsten
Grund hatte, sich das Leben zu nehmen!«

»Sie haben ihn heute früh gesprochen, bevor er in die
Praxis ging?«

»Ja, beim Frühstück.«

»Und er war ganz wie immer – in keiner Weise verändert?«

»Verändert war er – aber nicht, wie Sie meinen. Er war
bloß ärgerlich.«

»Warum das?«

»Er hatte einen sehr arbeitsreichen Vormittag vor sich,
und seine Assistentin konnte nicht kommen.«

»Das ist Miss Nevill?«

»Ja.«

»Worin bestand ihre Tätigkeit?«

»Sie hat die ganze Korrespondenz meines Bruders erledigt und das Ordinationsbuch und die Kartei geführt. Ferner hat sie die Sterilisierung der Instrumente
besorgt, die Füllungen angerührt und hat ihm auch
sonst bei den Behandlungen assistiert.«

»Ist sie schon lange bei ihm?«

»Seit drei Jahren. Sie ist ein sehr zuverlässiges Mädchen, und wir hatten sie beide gern.«

Poirot sagte: »Wie mir Ihr Bruder gesagt hat, ist sie zu
einer erkrankten Verwandten gerufen worden.«

»Ja.«

»Und darüber hat sich Ihr Bruder so sehr geärgert?«

»Ja.« Ein leichtes Zögern lag in Miss Morleys Antwort.
Sie sprach eilig weiter. »Sie – Sie müssen meinen Bruder nicht für gefühllos halten. Nur hat er im Augenblick geglaubt . . .«

»Ja, Miss Morley?«

»Nun, er hat geglaubt, sie sei vielleicht absichtlich vom
Dienst ferngeblieben. Bitte, mißverstehen Sie mich
nicht – ich bin ganz überzeugt, daß Gladys so etwas nie

tun würde. Ich habe das Henry auch gesagt. Aber die Sache ist so, daß sie sich mit einem sehr unerfreulichen jungen Mann verlobt hat – Henry war wütend darüber – und er hat sich eingebildet, dieser junge Mann hätte sie überredet, ihre Arbeit im Stich zu lassen.«

»Wäre das wahrscheinlich gewesen?«

»Nach meiner Überzeugung nicht. Gladys ist ein sehr gewissenhaftes Mädchen.«

»Aber es hätte dem jungen Mann entsprochen, einen solchen Vorschlag zu machen?«

»Das möchte ich allerdings annehmen.«

»Was treibt dieser junge Mann – wie heißt er übrigens?«

»Carter, Frank Carter. Er ist – oder vielmehr, er war – Versicherungsangestellter. Vor ein paar Wochen verlor er seine Stellung, und seitdem arbeitet er nicht mehr. Henry hat gesagt – und ich glaube, er hatte recht –, Carter sei ein ausgemachter Taugenichts. Gladys hatte ihm einen Teil ihrer Ersparnisse geliehen, und mein Bruder war wütend darüber.«

Japp fragte interessiert: »Hat Ihr Bruder versucht, Miss Nevill zu einer Auflösung des Verlöbnisses zu bewegen?«

»Ja, ich weiß, daß er das getan hat.«

»Dann wäre es also durchaus möglich, daß dieser Frank Carter einen Groll gegen Ihren Bruder hegte?«

Der Grenadier antwortete derb: »Unsinn! Das heißt, wenn Sie meinen, daß Frank Carter Henry erschossen hat. Gewiß hat mein Bruder versucht, das Mädchen von dem jungen Mann abzubringen, aber sie hat seinen Rat nicht befolgt – sie hängt wie närrisch an Frank.«

»Fällt Ihnen sonst noch jemand ein, der einen Groll gegen Ihren Bruder hegte?«

Miss Morley schüttelte den Kopf.

»Mit seinem Partner Reilly ist er gut ausgekommen?«

Miss Morley antwortete säuerlich: »So gut, wie man mit einem Iren eben auskommen kann.«

»Was meinen Sie damit, Miss Morley?«

»Nun, Iren sind jähzornig und haben die größte Freude an jedem nur denkbaren Streit. Mr. Reilly liebt politische Debatten.«

»Sonst hat es nichts gegeben?«

»Sonst nichts. Mr. Reilly hat viele Fehler, ist aber sehr tüchtig in seinem Beruf – wenigstens hat mein Bruder das immer gesagt.«

Japp ließ nicht locker: »Worin bestehen seine Fehler?«

»Er trinkt – aber machen Sie bitte keinen Gebrauch von dieser Information.«

»Hat es zwischen ihm und Ihrem Bruder über diesen Punkt Differenzen gegeben?«

»Henry hat es ihm gegenüber ein paarmal angedeutet. Als Zahnarzt«, fuhr Miss Morley belehrend fort, »braucht man eine ruhige Hand, und ein Atem, der nach Alkohol riecht, flößt dem Patienten kein Vertrauen ein.«

Japp nickte zustimmend. Dann sagte er: »Können Sie uns etwas über die finanziellen Verhältnisse Ihres Bruders sagen?«

»Henry verdiente gut und hatte auch gewisse Ersparnisse. Ferner besaßen wir beide ein kleines Zinseinkommen, das wir von unserem Vater geerbt haben.«

Japp räusperte sich und murmelte: »Sie wissen wohl nicht, ob Ihr Bruder ein Testament hinterlassen hat?«

»Doch, das hat er, und ich kann Ihnen auch sagen, was drinsteht. Hundert Pfund hat er Gladys Nevill vermacht, und alles übrige fällt an mich.«

»Aha. Nun . . .«

Wildes Pochen an der Tür. Dann steckte Alfred den

29

Kopf herein. Seine Glotzaugen nahmen jede Einzelheit der beiden Besucher in sich auf, während er hervorstieß: »Miss Nevill ist zurück. Ganz durcheinander. Sie will wissen, ob sie hereinkommen soll.«

Japp nickte, und Alfred verschwand.

Gladys Nevill war ein großes, blondes, etwas blutarmes Mädchen von ungefähr achtundzwanzig Jahren. Obwohl offensichtlich sehr aufgeregt, zeigte sie sofort, daß sie tüchtig und intelligent war.

Unter dem Vorwand, Mr. Morleys Papiere durchsehen zu wollen, führte Japp sie hinunter in das kleine Büro neben dem Ordinationszimmer.

»Sie sind heute abberufen worden, Miss Nevill –« begann Japp das Gespräch.

Sie unterbrach ihn.

»Ja, jemand hat sich einen dummen Scherz erlaubt. Ich finde es unerhört, daß jemand sich so etwas ausdenkt. Wirklich unerhört.«

»Wie soll ich das verstehen, Miss Nevill?«

»Meiner Tante hat überhaupt nichts gefehlt. Sie war ganz erstaunt, als ich so plötzlich auftauchte. Natürlich habe ich mich sehr gefreut, daß sie wohlauf war – aber wütend war ich doch. Ein solches Telegramm zu schikken und alles durcheinanderzubringen!«

»Besitzen Sie das Telegramm noch, Miss Nevill?«

»Nein, ich habe es weggeworfen – auf dem Bahnhof, glaube ich. Es stand nur drin: ›Tante gestern abend Schlaganfall, bitte sofort kommen.‹«

»Sind Sie ganz sicher – hm –« Japp hüstelte, »daß es nicht Ihr Freund war, Mr. Carter, der Ihnen das Telegramm geschickt hat?«

»Frank? Ja, aber wozu denn? Oh – ich verstehe! Sie meinen – ein abgekartetes Spiel zwischen uns beiden? Nein, Inspektor – so etwas würde weder er noch ich tun.«

Ihre Empörung schien echt, und Japp hatte alle Mühe, sie zu beruhigen. Aber eine Frage nach den Patienten des Vormittags brachte sie wieder völlig ins Gleichgewicht.

»Die Patienten stehen alle hier im Buch. Sie werden es schon gesehen haben. Über die meisten weiß ich Bescheid. Zehn Uhr Mrs. Soames – wegen ihres neuen Gebisses. Zehn Uhr dreißig Lady Grant – das ist eine ältere Dame – wohnt am Lowndes Square.

Dann um elf Uhr, Mr. Hercule Poirot, als dritter Patient; der kommt regelmäßig – oh, natürlich, da ist er ja! Entschuldigen Sie, Mr. Poirot, aber ich bin ganz durcheinander! Elf Uhr dreißig Mr. Alistair Blunt – das ist der Bankier, wissen Sie –, nur eine kurze Sitzung, denn Mr. Morley hatte die Füllung das letzte Mal vorbereitet. Dann Miss Sainsbury Seale – die hat extra angerufen, weil sie Schmerzen hatte; Mr. Morley wollte sie zwischendurch drannehmen. Sie schwatzt furchtbar viel – kann kein Ende finden –, eine sehr umständliche Dame. Dann um zwölf Uhr Mr. Amberiotis – ein neuer Patient, der im Savoy abgestiegen ist. Eine ganze Menge Ausländer und Amerikaner kommen zu Mr. Morley. Schließlich um zwölf Uhr dreißig Miss Kirby. Die kommt aus Worthing.«

Poirot sagte: »Als ich hier war, saß im Wartezimmer ein großer, militärisch aussehender Herr. Wer kann das gewesen sein?«

»Einer von Mr. Reillys Patienten, nehme ich an. Ich werde Ihnen schnell einmal seine Liste besorgen, ja?«

»Ja, danke, Miss Nevill.«

Nach wenigen Minuten kam sie mit einem Buch zurück, das ähnlich aussah wie das von Mr. Morley. Sie las vor: »Zehn Uhr Betty Heath – das ist ein kleines Mädchen von neun Jahren. Elf Uhr Colonel Abercrombie.«

»Abercrombie!« murmelte Poirot. »*C'était ça!*«

»Elf Uhr dreißig Mr. Howard Raikes. Zwölf Uhr Mr. Barnes. Das sind alle Patienten von heute vormittag. Mr. Reilly ist natürlich nicht so stark beansprucht wie Mr. Morley.«

»Können Sie uns irgend etwas über diese Patienten von Mr. Reilly mitteilen?«

»Colonel Abercrombie ist ein langjähriger Patient, und Mrs. Heath schickt alle ihre Kinder zu Mr. Reilly. Über Mr. Raikes und Mr. Barnes kann ich Ihnen nichts sagen, obwohl ich glaube, die beiden Namen schon gehört zu haben. Verstehen Sie, ich nehme alle Telefongespräche entgegen . . .«

Japp sagte: »Wir können ja Mr. Reilly selbst fragen. Ich möchte ihn so bald wie möglich sprechen.«

Miss Nevill ging hinaus. Japp sagte zu Poirot: »Alles alte Patienten von Morley, außer Amberiotis. Mit Mr. Amberiotis gedenke ich sehr bald ein interessantes Gespräch zu führen. Wie die Dinge nun mal liegen, war er der letzte, der Morley lebend sah, und wir müssen genau feststellen, ob Morley wirklich am Leben war, als Amberiotis kam – oder ging.«

Poirot schüttelte den Kopf und sagte langsam: »Dann müssen Sie ihm aber immer noch ein Motiv nachweisen.«

»Das weiß ich. Aber vielleicht finden wir etwas über Amberiotis in den Polizeiakten.« Gespannt fügte er hinzu: «Sie sehen so nachdenklich aus, Poirot!«

»Ja, ich habe mir eben eine Frage vorgelegt.«

»Was für eine Frage?«

Poirot lächelte schwach und sagte: »Warum, Chefinspektor Japp?«

»Wie . . . Oh – dafür gibt es eine sehr einfache Erklärung: Alistair Blunt. Sobald der Bezirksinspektor erfuhr, daß Blunt heute vormittag hier war, meldete er das der Zentrale. Für Leute wie Mr. Blunt wird hierzulande gut gesorgt.«

»Sie meinen, daß es Menschen gibt, die ihn gern – aus dem Weg schaffen würden?«

»Blunt mit seiner Hochfinanz ist eine Macht im Staate, die manchem im Wege steht.«

Poirot nickte.

»Das habe ich mehr oder weniger vermutet. Und ich habe das Gefühl, daß –« er machte eine ausdrucksvolle Handbewegung – »vielleicht irgend etwas schiefgegangen ist. Als eigentliches Opfer war Alistair Blunt ausersehen. Oder das hier ist nur ein Anfang – der Beginn irgendeiner besonderen Kampagne? Ich rieche – ich rieche« – er schnüffelte in der Luft herum –, »daß hinter dieser Geschichte eine Menge Geld steckt!«

Japp brummte: »Sie gehen mit Ihren Annahmen ein bißchen weit, wissen Sie.«

»Ich behaupte, daß *ce pauvre* Morley nur eine untergeordnete Figur im Spiel war. Vielleicht hat er etwas gewußt – vielleicht hat er Blunt etwas erzählt –, oder man befürchtete, daß er Blunt etwas erzählen wollte.«

Er brach ab, als Gladys Nevill wieder ins Zimmer kam. »Mr. Reilly ist gerade mit einer Extraktion beschäftigt«, sagte sie. »Er steht Ihnen in ungefähr zehn Minuten zur Verfügung, falls Ihnen das recht ist.«

Japp war damit einverstanden. In der Zwischenzeit wollte er noch einmal »mit diesem Alfred« reden.

Alfred wurde hin und her gerissen zwischen freudiger Erregung und panischer Angst, man werde ihm für alles Vorgefallene die Schuld zuschieben. Er stand erst seit vierzehn Tagen in Mr. Morleys Diensten, und während dieser kurzen Zeit hatte er beständig und unweigerlich alles falsch gemacht. Die dau-

33

ernden Vorwürfe hatten sein Selbstvertrauen untergraben.

»Er war vielleicht ein bißchen fahriger als sonst«, gab Alfred auf eine Frage zur Antwort, »aber im übrigen kann ich mich an nichts Besonderes erinnern. Ich hätte nie gedacht, daß er sich abmurksen würde.«

Poirot fiel ihm ins Wort. »Sie müssen uns«, sagte er, »alles über heute vormittag erzählen, was Ihnen im Gedächtnis geblieben ist. Sie sind ein wichtiger Zeuge, und Ihre Angaben können für uns von ungeheurem Nutzen sein.«

Alfreds Gesicht lief knallrot an, und seine Brust war stolzgeschwellt. Er hatte Japp bereits einen kurzen Bericht über die Ereignisse des Vormittags gegeben. Jetzt nahm er sich vor, ausführlicher zu werden. Ein wohltuendes Gefühl seiner eigenen Bedeutung durchzog ihn. »Ich kann Ihnen schon Bescheid sagen«, sagte er. »Fragen Sie nur immerzu.«

»Zunächst einmal: Ist heute vormittag irgend etwas Ungewöhnliches vorgefallen?«

Alfred dachte einen Augenblick nach und antwortete dann ziemlich betrübt: »Könnte ich nicht behaupten. Es war alles wie sonst.«

»Sind Unbekannte ins Haus gekommen?«

»Nein.«

»Auch nicht als Patienten?«

»Ach. Sie meinen die Patienten? Es ist niemand gekommen, der nicht angemeldet war.«

»Hätte jemand ungesehen das Haus betreten können . . .?«

»Ausgeschlossen. Dazu muß man einen Schlüssel haben.«

»Aber hinaus kommt man ohne weiteres?«

»Ja, dazu braucht man nur die Klinke zu drücken, hinauszugehen und die Tür hinter sich zuzuziehen. Wie

34

gesagt, so machen es die meisten. Sie gehen zu Fuß die Treppe hinunter, während ich den nächsten im Lift hinauffahre.«

»Ich verstehe. Jetzt erzählen Sie uns einmal, wer heute morgen zuerst gekommen ist und so weiter. Beschreiben Sie die Personen, wenn Ihnen die Namen entfallen sind.«

Alfred überlegte eine Weile. Dann sagte er: »Dame mit einem kleinen Mädchen; die ist zu Mr. Reilly gekommen und eine Mrs. Soap oder so ähnlich zu Mr. Morley.«

Poirot sagte: »Ganz recht. Fahren Sie fort . . .«

»Dann eine andere, ältere Dame – ziemlich elegant. Nachher ein großer, militärisch aussehender Herr, und nachher Sie . . .« Er machte eine Kopfbewegung zu Poirot hin.

»Richtig.«

»Dann der Amerikaner . . .«

Japp sagte scharf: »Amerikaner?«

»Ja, Sir. Das war bestimmt ein Amerikaner – an der Aussprache deutlich zu hören. Noch jung. Er kam zu früh – war erst auf halb zwölf Uhr bestellt. Und nachher ging er gar nicht ins Sprechzimmer.«

»Wie meinen Sie das?« fragte Japp.

»Ich wollte ihn holen, als Mr. Reilly um halb zwölf Uhr läutete – es war übrigens etwas später, vielleicht zwanzig vor zwölf –, und da war er nicht im Wartezimmer. Hat wohl Angst bekommen und ist verduftet.« Mit wissender Miene setzte er hinzu: »Kommt öfters vor.«

Poirot fragte: »Dann muß er kurz nach mir das Haus verlassen haben?«

»Stimmt. Sie sind fortgegangen, nachdem ich einen Herrn hinaufgefahren habe, der in einem Rolls-Royce gekommen war. Oh – ein wunderbarer Wagen – gehört Mr. Blunt. Dann ging ich hinunter, öffnete Ihnen

35

die Tür und ließ eine Dame herein. Miss Some Berry Seal oder so ähnlich. Dann – dann ging ich schnell in die Küche und aß einen Bissen, und während ich dort unten war, läutete die Klingel – Mr. Reillys Klingel. Ich ging ins Wartezimmer, und da war der Amerikaner nicht mehr da. Das habe ich Mr. Reilly gemeldet, und er hat ein bißchen geflucht, wie üblich.«

Poirot sagte: »Weiter.«

»Moment – was ist denn dann passiert? Ah, ja: Mr. Morley hat geläutet, und ich habe Miss Sowieso im Lift hinaufgefahren; währenddessen ist der Mister mit dem Rolls-Royce die Treppe hinunter und aus dem Haus gegangen. Dann bin ich wieder hinunter, und es sind zwei Herren gekommen – der eine war ein kleiner Herr mit einer komischen Piepsstimme – ich kann mich nicht an den Namen erinnern. Der ist zu Mr. Reilly gekommen. Und ein dicker Ausländer zu Mr. Morley.«

»Aha.«

»Miss Seal war nicht lange drin – nicht mehr als eine Viertelstunde. Ich habe sie hinausgeführt und dann den Ausländer hinaufgebracht.«

»Und Sie haben nicht gesehen, wie Mr. Amberiotis – der Ausländer – das Haus verlassen hat?«

»Nein, Sir, das habe ich nicht gesehen. Er muß allein hinausgegangen sein. Ich habe weder ihn noch den anderen Herrn mehr gesehen.«

»Wo waren Sie von zwölf Uhr an?«

»Ich setze mich immer in den Lift und warte darauf, ob es läutet – Haustür oder eine der beiden Klingeln aus den Sprechzimmern.«

Poirot vermutete: »Dabei haben Sie vielleicht gelesen?«

Alfred wurde rot.

»Da ist doch nichts dabei? Etwas anderes könnte ich während der Zeit nicht machen.«

»Ganz recht. Was haben Sie gelesen?«

36

»Mord Viertel vor zwölf‹ heißt das Buch. Ein amerikanischer Kriminalroman, wirklich großartig! Handelt von lauter Gangstern.«

Poirot unterdrückte ein Lächeln.

»Konnten Sie von Ihrem Platz aus hören, ob die Haustür geschlossen wurde?«

»Sie meinen, wenn jemand hinausgegangen wäre? Ich glaube nicht. Ich will damit sagen, daß ich es nicht bemerkt hätte. Sehen Sie, der Lift liegt ganz hinten um die Ecke. Das Läutwerk von der Türglocke und den Klingeln aus den beiden Sprechzimmern ist gerade daneben – das könnte ich nicht überhören.«

Poirot nickte, und Japp fragte: »Was ist dann noch passiert?«

Alfred dachte angestrengt nach.

»Dann ist nur noch die letzte Dame gekommen. Miss Shirty. Ich habe dauernd auf Mr. Morleys Klingelzeichen gewartet – aber nichts –, und um ein Uhr ist die Dame ziemlich böse geworden.«

»Ist Ihnen nicht in den Sinn gekommen, ungerufen hinaufzugehen und nachzusehen, ob Mr. Morley vielleicht frei war?«

Alfred schüttelte sehr energisch den Kopf.

»Mach ich nicht, Sir – würde mir nie im Traum einfallen. Für mich war der letzte Patient immer noch dort oben im Sprechzimmer. Meine Sache war es, auf die Klingel zu warten. Natürlich, wenn ich gewußte hätte, daß sich Mr. Morley abgemurkst hat . . .«

»Ich verstehe –« Poirot machte eine Pause und fuhr dann fort:

»Hat Mr. Morleys Selbstmord Sie überrascht, Alfred?«

»Ich war einfach platt. Soweit ich sehe, hat er nicht den geringsten Grund gehabt, sich umzubringen – oh! Er ist doch nicht etwa ermordet worden?«

Ehe Japp etwas sagen konnte, griff Poirot ein: »Ange-

37

nommen, das wäre der Fall – wären Sie dann weniger überrascht?«

»Ich weiß wirklich nicht. Ich kann mir nicht vorstellen, daß jemand Mr. Morley umbringen wollte. Er war – na, er war so ein alltäglicher Herr. Ist er tatsächlich ermordet worden?«

Poirot entgegnete mit Würde: »Wir müssen jede Möglichkeit in Erwägung ziehen. Das ist auch der Grund, weshalb ich Ihnen gesagt habe, Sie seien ein sehr wichtiger Zeuge und sollten sich alles ins Gedächtnis rufen, was heute vormittag passiert ist.«

Er legte besonderen Nachdruck auf seine letzten Worte, und Alfred furchte in einer verzweifelten inneren Anstrengung die Stirn. »Ich kann mich an nichts sonst erinnern.« Seine Stimme klang kläglich.

»Schon gut, Alfred. Und sind Sie ganz sicher, daß außer den Patienten keine fremden Personen heute vormittag das Haus betreten haben?«

»*Fremde* Personen nicht. Nur der junge Mann von Miss Nevill ist vorbeigekommen – hat sich sehr aufgeregt, als sie nicht da war.«

Japp fragte interessiert: »Wann war das?«

»Etwas nach zwölf Uhr. Als ich ihm sagte, Miss Nevill sei den ganzen Tag abwesend, machte er einen sehr niedergeschlagenen Eindruck und wollte unbedingt mit Mr. Morley sprechen. Ich erklärte, Mr. Morley sei bis zum Mittagessen beschäftigt, aber er meinte, das mache nichts, er würde warten.«

Poirot fragte: »Und hat er gewartet?«

Plötzliches Erstaunen malte sich in Alfreds Zügen.

»Oh – daran habe ich überhaupt nicht gedacht! Er ist ins Wartezimmer gegangen, aber später war er nicht mehr da! Wahrscheinlich ist es ihm langweilig geworden, und er hat sich gedacht, er würde noch zurückkommen.«

38

Als Alfred das Zimmer verlassen hatte, sagte Japp scharf: »Halten Sie es für klug, diesem Burschen gegenüber die Möglichkeit eines Mordes anzudeuten?«

Poirot zuckte die Achseln.

»Ich glaube ja. Es wird für ihn ein Ansporn sein, sich jeder kleinen Einzelheit zu erinnern, die er vielleicht gesehen oder gehört hat, und er wird scharf auf alle Vorgänge im Haus achten.«

»Trotzdem, wir wollen unseren Verdacht nicht zu früh bekanntwerden lassen.«

»*Mon cher*, diese Gefahr besteht nicht. Alfred liest Kriminalromane – Alfred ist begeistert von Verbrechen. Was immer Alfred ausplaudern mag, wird man auf das Konto seiner blühenden Phantasie schreiben.«

»Nun, vielleicht haben Sie recht, Poirot. Jetzt wollen wir einmal hören, was Reilly zu sagen hat.«

Mr. Reillys Ordinationszimmer und Büro lagen im ersten Stock. Sie waren von gleicher Größe wie die Räume darüber, aber weniger hell und nicht so komplett eingerichtet. Mr. Morleys Partner war ein hochgewachsener junger Mann, dem eine dunkle Haarlocke unordentlich in die Stirn hing. Er besaß eine angenehme Stimme und einen intelligenten Blick.

»Wir hoffen, Mr. Reilly«, sagte Japp, nachdem er sich vorgestellt hatte, »daß Sie etwas Licht in diese dunkle Angelegenheit bringen können.«

»Da hoffen Sie leider vergeblich«, antwortete Reilly. »Ich kann nur soviel sagen, daß Henry Morley der letzte Mensch war, der sich das Leben genommen hätte. Ich hätte so etwas tun können – er nicht.«

»Warum könnten Sie es getan haben?«

»Weil ich einen Berg von Sorgen habe«, erwiderte der andere. »Zunächst einmal Geldsorgen! Mir ist es noch nie gelungen, meine Ausgaben mit meinen Einnahmen in Einklang zu bringen. Aber Morley war ein

39

sorgsamer Mensch. Bei ihm werden Sie keine Schulden finden, keine Geldschwierigkeiten – davon bin ich überzeugt . . .«

»Frauengeschichten?« erkundigte sich Japp.

»Sie meinen, ob Morley welche hatte? Dem armen Teufel hat doch jede Daseinsfreude gefehlt! Stand völlig unter dem Pantoffel seiner Schwester.«

Japp fragte Reilly nach Einzelheiten über die Patienten, die er am Vormittag empfangen hatte.

»Oh, ich glaube, die sind alle über jeden Zweifel erhaben. Da war die kleine Betty Heath, ein nettes Kind – ich habe die ganze Familie nach und nach behandelt. Colonel Abercrombie ist ebenfalls ein alter Patient.«

»Wie steht es mit Mr. Howard Raikes?« fragte Japp.

»Der mir ausgerissen ist? Der war noch nie bei mir. Ich weiß nichts von ihm. Er hat angerufen und wollte ausdrücklich heute vormittag behandelt werden.«

»Von wo aus hat er angerufen?«

»Aus dem Holborn Palace Hotel. Er ist Amerikaner, glaube ich.«

»Ja, das hat Alfred auch gesagt.«

»Alfred muß es wissen«, sagte Reilly. »Ein Filmnarr, unser Alfred.«

»Und der andere Patient?«

»Barnes? Ein komischer, pedantischer kleiner Mann. Pensionierter Beamter. Wohnt draußen in Ealing.«

Japp machte eine kleine Pause und fragte dann: »Was können Sie uns über Miss Nevill sagen?«

Reilly machte ein erstauntes Gesicht.

»Die wunderschöne blonde Sekretärin? Nein – nichts zu machen! Ihre Beziehungen zum alten Morley waren vollständig unschuldig – davon bin ich überzeugt . . .«

»Ich habe keineswegs das Gegenteil behauptet«, murmelte Japp etwas betreten.

»Verzeihung«, sagte Reilly. »Ich habe eben eine

40

schmutzige Phantasie. Dachte, Sie wollten etwas andeuten in Richtung *cherchez la femme.*

Entschuldigen Sie, wenn ich mich Ihrer Sprache bediene«, bemerkte er, Poirot zugewendet. »Habe ich nicht eine glänzende Aussprache? Das kommt davon, wenn man von Nonnen erzogen wird.«

Japp mißbilligte seinen leichten Ton. Er fragte: »Wissen Sie Näheres über den jungen Mann, mit dem Miss Nevill verlobt ist? Er heißt Carter, wie ich höre, Frank Carter.«

»Morley hat nicht viel von ihm gehalten«, sagte Reilly. »Er hat der Nevill zugeredet, ihm den Laufpaß zu geben.«

»Das könnte Carter gegen ihn aufgebracht haben?«

»Hat ihn wahrscheinlich furchtbar gewurmt«, pflichtete Reilly ihm vergnügt bei. Er hielt einen Augenblick inne und fragte dann: «Verzeihen Sie: Ist es eigentlich ein Selbstmord, den Sie hier untersuchen – oder ein Mord?«

»Falls es ein Mord wäre – würden Sie dann irgendwelche Vermutungen haben?« fragte Japp scharf.

»Nein. Ich möchte gern, daß Georgina ihn begangen hätte! Eine von diesen humorlosen Frauen, die von der Feindschaft gegen den Alkohol besessen sind. Aber ich fürchte, Georgina ist viel zu moralisch für einen Mord. Natürlich hätte auch ich mit Leichtigkeit in den oberen Stock hinauflaufen und den alten Knaben umbringen können – habe ich aber nicht. Ich kann mir überhaupt niemanden vorstellen, der den Wunsch gehabt haben sollte, Morley zu ermorden. Ebensowenig kann ich mir allerdings vorstellen, daß er sich selbst umbrachte.«

In verändertem Ton fügte er hinzu: »In Wirklichkeit tut mir die ganze Geschichte sehr leid. Sie müssen mich nicht nach meinen Worten beurteilen. Das ist alles Nervosität, wissen Sie. Ich habe den alten Morley recht gern gehabt und werde ihn sehr vermissen.«

Japp legte den Telefonhörer auf und wandte sich mit ernstem Gesicht Poirot zu: »Mr. Amberiotis ›fühlt sich nicht wohl und möchte heute nachmittag niemanden empfangen‹. Mich wird er aber doch empfangen müssen – und entwischen lasse ich ihn auch nicht! Ich habe schon einen Mann ins Savoy geschickt, der ihn beschatten soll, falls er durchzugehen versucht.«
»Sie glauben, daß Amberiotis Morley erschossen hat?«
»Ich weiß nicht. Aber Amberiotis ist immerhin der letzte gewesen, der Morley lebend gesehen hat. Und er war ein neuer Patient. Nach seinen Angaben war Morley gesund und munter, als er ihn um zwölf Uhr fünfundzwanzig verließ. Das kann wahr sein oder auch nicht. Wenn Morley um diese Zeit wirklich noch in normaler Verfassung war, müssen wir rekonstruieren, was danach geschehen ist. Ist während der nächsten fünf Minuten jemand zu ihm hereingekommen? Carter zum Beispiel? Oder Reilly? Was hat sich abgespielt? Verlassen Sie sich drauf: Um halb eins oder spätestens fünf Minuten nach halb eins war Morley tot – sonst hätte er entweder geklingelt oder Miss Kirby mitteilen lassen, er könne sie nicht empfangen. Nein – entweder ist er umgebracht worden, oder jemand hat ihn im Sprechzimmer aufgesucht und ihm etwas gesagt, was seine ganze Lebenssituation verändert und ihn zum Selbstmord getrieben hat.«
Japp hielt inne.
»Ich werde jeden einzelnen der Patienten verhören, die er heute vormittag empfangen hat. Es besteht immerhin die vage Möglichkeit, daß er zu einem von ihnen etwas gesagt hat, was uns auf die richtige Spur bringt.«

42

Er schaute auf die Uhr.

»Mr. Alistair Blunt hat sich bereit erklärt, mir um vier Uhr fünfzehn ein paar Minuten zu opfern. Den werden wir also zuerst aufsuchen. Er wohnt am Chelsea Embankment. Dann können wir uns auf dem Weg zu Amberiotis diese Miss Sainsbury Seale vornehmen. Ich möchte gern möglichst viel Material sammeln, bevor wir unseren griechischen Freund in die Zange nehmen. Nachher möchte ich gern ein paar Worte mit dem Amerikaner sprechen, der ›nach Mord aussah‹, wie Sie sagen.«

Hercule Poirot schüttelte den Kopf.

»Nicht nach Mord – nach Zahnweh.«

»Egal – wir werden uns diesen Mr. Raikes anschauen. Er hat sich – um es vorsichtig auszudrücken – sonderbar aufgeführt. Und dann werden wir dem Telegramm an Miss Nevill nachgehen und ihrer Tante und ihrem jungen Mann. Wir werden einfach allem und jedem nachgehen!«

Alistair Blunt hatte nie im Rampenlicht des öffentlichen Interesses gestanden. Vielleicht, weil er selbst ein sehr ruhiger und zurückhaltender Mensch war. Vielleicht, weil er viele Jahre hindurch eher die Rolle eines Prinzgemahls als die eines Königs gespielt hatte.

Rebecca Sanseverato, geborene Arnholt, war als eine enttäuschte Frau von fünfundvierzig Jahren nach London gekommen. Sowohl von väterlicher wie von mütterlicher Seite stammte sie aus den vornehmsten Kreisen der Hochfinanz. Ihre Mutter war die Erbin der europäischen Familie Rotherstein. Ihr Vater stand an der Spitze des großen amerikanischen Bankhauses Arnholt. Infolge eines Flugzeugunfalls, der den Tod zweier Brüder und eines Vetters zur Folge hatte, wurde Rebecca Arnholt alleinige Erbin eines unermeßlichen Vermögens. Sie heiratete einen europäischen Aristokraten mit berühmtem Namen, den Fürsten Felipe di Sanseverato. Drei Jahre später ließ sie sich scheiden, nachdem sie mit diesem wohlerzogenen Schurken zwei erbärmliche Jahre verbracht hatte; das Kind aus dieser Ehe wurde ihr zugesprochen und starb bald darauf.

Durch ihr Unglück verbittert, konzentrierte Rebecca ihre außergewöhnlichen Geistesgaben auf das Finanzgeschäft – die Fähigkeit dazu lag ihr im Blut. Sie wurde Teilhaberin ihres Vaters.

Nach seinem Tod blieb sie mit ihrem riesigen Besitz weiter eine mächtige Erscheinung in der Finanzwelt. Sie kam nach London, und der jüngere Partner eines dortigen Bankhauses, Alistair Blunt, wurde ins Hotel Claridge geschickt, um mit ihr eine Reihe von Schriftstücken durchzusehen. Ein Jahr später empfing die Welt wie einen elektrischen Schlag die Nachricht, daß Rebecca Sanseverato Alistair Blunt heiraten würde, einen Mann, der nahezu zwanzig Jahre jünger war als sie.

Es gab das übliche Gespött. Rebecca – so sagten ihre Freunde – sei wirklich eine unverbesserliche Närrin, wenn ein Mann im Spiel war! Zuerst Sanseverato – jetzt dieser Jüngling. Natürlich heiratete er sie nur des Geldes wegen. Eine zweite Katastrophe stand ihr mit Sicherheit bevor! Aber zur allgemeinen Überraschung erwies sich die zweite Ehe als ein Erfolg. Die Leute, die prophezeit hatten, Alistair Blunt werde Rebeccas Geld für andere Frauen ausgeben, hatten sich geirrt. Er blieb seiner Frau mit stiller Zuneigung treu. Sogar als er nach ihrem Tod, zehn Jahre später, sich als Erbe ihres riesigen Vermögens jeden Wunsch erfüllen konnte, heiratete er nicht wieder. Er führte weiter sein altes ruhiges und einfaches Leben. Seine finanzielle Begabung war nicht geringer als die seiner Frau. Sein Urteil und seine Geschäfte waren gesund – sein Ruf stand außer Frage. Er beherrschte die gewaltigen Interessen der Arnholts und der Rothersteins durch seine überlegenen Fähigkeiten.

In Gesellschaft ging er sehr wenig. Er besaß ein Haus in Kent und eines in Norfolk, wo er das Wochenende zu verbringen pflegte – nicht mit lärmenden Scharen, sondern mit ein paar ruhigen, gesetzten Freunden. Er spielte gern und mäßig Golf und beschäftigte sich mit seinem Garten.

Das war der Mann, zu dem sich Chefinspektor Japp und Hercule Poirot in einem etwas altersschwachen, rüttelnden Taxi jetzt begaben. Das Gotische Haus war eine bekannte Sehenswürdigkeit am Chelsea Embankment – innen nicht sehr modern, aber äußerst behaglich und mit dem Luxus kostspieliger Schlichtheit eingerichtet. Alistair Blunt ließ seine beiden Besucher nicht warten.

»Chefinspektor Japp?«

Japp begrüßte ihn und stellte Hercule Poirot vor, den Blunt mit Interesse betrachtete.

»Ich kenne natürlich Ihren Namen, M. Poirot. Und mir ist, als hätte ich irgendwo ganz kürzlich . . .« Er dachte stirnrunzelnd nach.

Poirot sagte: »Heute vormittag, Mr. Blunt – im Wartezimmer *de ce pauvre* M. Morley.«

Alistair Blunts Stirn glättete sich.

»Natürlich. Ich wußte, daß ich Ihnen irgendwo begegnet bin.« Er wandte sich an Japp. »Was kann ich für Sie tun? Was ich über den armen Morley gehört habe, tut mir außerordentlich leid.«

»Es hat Sie überrascht, Mr. Blunt?«

»Sehr. Natürlich habe ich sehr wenig über ihn gewußt, aber er ist mir keineswegs wie ein Mensch vorgekommen, der Selbstmord begehen würde.«

»Er hat also heute vormittag einen gesunden und normalen Eindruck gemacht?«

»Ich glaube wohl – ja.« Alistair Blunt hielt inne und sagte dann mit einem fast knabenhaften Lächeln: »Ehrlich gesagt, ich bin ein großer Feigling, wenn es sich um den Zahnarzt handelt. Und den Bohrer, dieses scheußliche Ding, hasse ich einfach. Deshalb habe ich eigentlich nicht viel bemerkt. Jedenfalls nicht, bis alles vorbei war und ich aufstehen durfte. Aber ich muß sagen, daß mir Morley hinterher vollkommen normal erschien. Guter Laune und geschäftig.«

»Hatten Sie ihn schon öfters konsultiert?«

»Es war mein dritter oder vierter Besuch bei ihm.«

Hercule Poirot fragte: »Wer hat Ihnen Morley empfohlen?«

Blunts Augenbrauen zogen sich in konzentriertem Nachdenken zusammen.

»Warten Sie einmal – ich hatte Zahnschmerzen – jemand hat mir gesagt, Morley in der Queen Charlotte Street sei der richtige Mann – nein, ich kann mich beim besten Willen nicht erinnern, wer das gewesen ist. Tut mir leid.«

»Falls es Ihnen noch einfällt – würden Sie dann einem von uns beiden Bescheid geben?« bat Poirot.

Alistair Blunt sah ihn neugierig an.

»Das will ich gern tun – natürlich. Warum? Ist es wichtig?«

»Ich habe so eine Ahnung«, sagte Poirot, »daß es sogar sehr wichtig sein könnte.«

Sie gingen gerade die Stufen vor dem Haus hinunter, als ein Wagen vorfuhr. Es war einer jener »sportlichen« Wagen, bei denen man sich, um auszusteigen, portionsweise unter dem Steuerrad hindurchquetschen muß.

Das junge Mädchen, das diese gymnastische Übung vollführte, schien hauptsächlich aus Armen und Beinen zu bestehen. Die beiden Männer waren noch einige Schritte vom Haus entfernt, als die Befreiung endlich glückte.

Das Mädchen stand auf dem Trottoir und sah ihnen nach. Dann rief sie plötzlich mit kräftiger Stimme: »He!«

Keiner von beiden drehte sich um, denn weder Japp noch Poirot ahnten, daß der Ruf ihnen galt. Das Mädchen rief nochmals: »He! He! Sie dort!«

Sie blieben stehen und schauten fragend zurück. Das Mädchen ging auf sie zu. Der Eindruck, sie bestehe hauptsächlich aus Armen und Beinen, blieb unverändert. Sie war groß und schlank, und ihr Gesicht strahlte eine Intelligenz und Lebendigkeit aus, die für den Mangel an eigentlicher Schönheit entschädigten. Sie war dunkelhaarig und tiefgebräunt.

»Ich weiß, wer Sie sind – Sie sind dieser Detektiv, Hercule Poirot!«

Ihre Stimme hatte einen tiefen, warmen Klang und den Anflug eines amerikanischen Akzents.

Poirot sagte: »Zu Ihren Diensten, Mademoiselle.«

Ihre Augen streiften seinen Begleiter.

»Chefinspektor Japp«, stellte Poirot vor.

Sie riß die Augen auf – fast erschrocken, wie es schien. Atemlos fragte sie: »Warum sind Sie bei uns gewesen? Es ist – es ist doch Onkel Alistair nichts zugestoßen?«

Poirot fragte rasch: »Warum glauben Sie das, Mademoiselle?«

»Es ist nichts passiert? Gut.«

Japp griff Poirots Frage auf.

»Warum glauben Sie, daß Mr. Blunt etwas zugestoßen sein könnte, Miss . . .«

Fragend hielt er inne, und mechanisch antwortete sie:

»Olivera. Jane Olivera.« Dann ließ sie ein leichtes, wenig überzeugendes Lachen hören. »Wenn man Spürhunde auf der Schwelle findet, denkt man unwillkürlich an ein Verbrechen im Haus, nicht wahr?«

»Mr. Blunt ist nichts zugestoßen. Zu meiner Freude kann ich Ihnen dies versichern, Miss Olivera.«

Sie sah Poirot scharf an.

»Hat er Sie zu sich gebeten?«

Japp antwortete: »Nein, Miss Olivera, *wir* haben *ihn* aufgesucht, um zu erfahren, ob er zur Aufklärung eines Selbstmordes beitragen kann, der sich heute ereignet hat.«

»Ein Selbstmord? Wer hat sich denn umgebracht?«

»Ein Zahnarzt namens Morley in der Queen Charlotte Street 58.«

»Oh!« murmelte Jane Olivera ausdruckslos. »Oh –!« Sie sah stirnrunzelnd vor sich hin. Dann sagte sie unvermittelt: »Aber das ist doch absurd!« Plötzlich wandte sie sich um, ließ die beiden Männer ohne Gruß stehen, lief die Stufen zum Gotischen Haus hinauf, schloß die Tür auf und verschwand.

»Nun!« murrte Japp und starrte ihr nach. »Das war eine sonderbare Bemerkung!«

»Interessant«, bemerkte Poirot milde.

Japp riß sich zusammen, schaute auf die Uhr und winkte einem vorbeifahrenden Taxi.

»Wir haben noch Zeit, auf dem Weg ins Savoy einen Sprung zu dieser Sainsbury Seale zu machen.«

Miss Sainsbury Seale saß in der matterleuchteten Halle des Glengowrie Court Hotels und trank ihren Nachmittagstee.

Das Auftauchen eines Kriminalbeamten in Zivil erregte sie – aber es war, wie Japp beobachtete, eine angenehme Erregung.

Poirot stellte zu seinem Kummer fest, daß sie ihre Schuhschnalle noch nicht wieder angenäht hatte.

»Wirklich, Kommissar«, flötete Miss Sainsbury Seale, »ich weiß wirklich nicht, wo wir hingehen könnten, um für uns zu sein. So schwierig – gerade um die Teezeit –, aber vielleicht würden Sie gern eine Tasse Tee nehmen – Sie und – Ihr Freund?«

»Für mich nicht, Madame«, dankte Japp. »Dies ist M. Hercule Poirot.«

»Wirklich?« flüsterte Miss Sainsbury Seale. »Dann könnten wir vielleicht – möchten Sie wirklich beide keinen Tee? Nein? Nun, dann könnten wir es vielleicht mit dem Salon versuchen, obwohl der häufig besetzt ist. Oh – dort drüben wird eine Ecke frei – in der Nische. Die Leute stehen gerade auf. Wollen wir dorthin?«

Sie steuerte auf ein Sofa und zwei Stühle zu, die verhältnismäßig abgelegen in einem Alkoven standen. Poirot und Japp folgten ihr, wobei Poirot eine Schärpe und ein Taschentuch aufhob, die Miss Sainsbury unterwegs verloren hatte. Er gab ihr beides zurück.

»Oh, danke vielmals – wie unachtsam von mir! Also bitte, Inspektor – nein Chefinspektor, nicht wahr? – stellen Sie alle Fragen, die Sie wünschen. Eine unglückselige Geschichte. Der arme Mann – er hat wohl irgendwelchen Kummer gehabt? Wir leben in so schweren Zeiten!«

»Schien es Ihnen, Miss Sainsbury Seale, als hätte er einen besonderen Kummer?«

»Also –« Miss Sainsbury Seale überlegte eine Weile und sagte schließlich fast widerwillig: »Wissen Sie, eigentlich kann ich das nicht behaupten. Aber vielleicht habe ich es auch einfach nicht bemerkt – unter den herrschenden Umständen. Ich bin leider ziemlich feig, müssen Sie wissen.«

Miss Sainsbury Seale kicherte ein bißchen und ordnete ihre vogelnestartige Frisur.

»Können Sie uns sagen, wer noch im Wartezimmer war, als Sie sich dort aufhielten?«

»Lassen Sie mich nachdenken – es war nur ein junger Mann da. Er muß wohl Schmerzen gehabt haben, denn er murmelte dauernd vor sich hin, sah ganz wild aus und blätterte ziellos in einem Magazin. Und dann sprang er plötzlich auf und ging hinaus. Wahrscheinlich hatte er starke Zahnschmerzen.«

»Der junge Mann mit den Zahnschmerzen war also der einzige Patient, der Ihnen bei Mr. Morley begegnete?«

»Ja, ich kann mich sonst an keinen mehr erinnern!« erklärte Miss Sainsbury Seale traurig.

Japp änderte die Taktik.

»Sie haben wohl nichts dagegen, der Leichenschau als Zeugin beizuwohnen?« fragte er freundlich.

Nach einem ersten Schrei der Bestürzung schien sich Miss Sainsbury Seale mit dem Gedanken anzufreunden. Eine vorsichtig tastende Befragung durch Japp förderte ihre ganze Lebensgeschichte zutage. Sie war, wie sich herausstellte, vor einem halben Jahr aus Indien nach England gekommen. Hier hatte sie in verschiedenen Hotels und Pensionen gelebt, bis sie schließlich im Glengowrie Court Hotel gelandet war, das ihr wegen seiner anheimelnden Atmosphäre sehr zusagte. In Indien hatte sie meist in Kalkutta gelebt, wo sie in der Mission tätig war und Sprachunterricht erteilte.

»Eine gute, reine Aussprache – sehr wichtig – Chefinspektor. Sehen Sie –« Miss Sainsbury Seale lächelte einfältig und warf sich in die Brust – »als junges Mädchen war ich beim Theater. Oh – nur in kleinen Rollen –, Sie verstehen. In der Provinz! Aber ich hatte großen Ehrgeiz. Ein Repertoire. Dann bin ich auf eine Welttournee gegangen: Shakespeare, Bernard Shaw.« Sie seufzte. »Das Schlimmste bei uns armen Frauen ist unser Herz – wir sind Sklavinnen unseres Herzens. Eine unüberlegte, überstürzte Heirat. Ach – wir sind fast sofort wieder auseinandergegangen. Ich war – grausam enttäuscht. Später nahm ich meinen Mädchennamen wieder an. Glücklicherweise stellte mir eine Freundin etwas Kapital zur Verfügung, und so begann ich mit meinem Sprachunterricht. Ich beteiligte mich an der Gründung einer sehr guten Liebhaberbühne. Ich muß Ihnen einmal die Zeitungsausschnitte zeigen.«

Chefinspektor Japp erkannte die Gefahr, die ihm jetzt drohte. Er ergriff die Flucht. Miss Sainsbury Seales letzte Worte waren: »Und wenn etwa zufällig mein Name in die Zeitung kommen sollte – ich meine, weil ich doch als Zeugin bei der Leichenschau erscheinen soll –, werden Sie dann auch bestimmt dafür sorgen, daß er richtig buchstabiert wird? Mabelle Sainsbury Seale – Mabelle schreibt sich M-A-B-E-L-L-E und Seale S-E-A-L-E. Und falls Wert darauf gelegt werden sollte . . . ich bin in *Wie es euch gefällt* im Oxford Repertory Theatre aufgetreten.«

»Natürlich, natürlich –« Chefinspektor Japp war schon auf und davon. Im Taxi seufzte er und wischte sich die Stirn.

»Wenn es notwendig wird, können wir ja all das nachprüfen, außer sie hat von A bis Z gelogen – aber das glaube ich nicht!«

Poirot schüttelte den Kopf. »Schwindler«, sagte er, »pflegen weder so umständlich noch so unzusammenhängend zu lügen.«

Japp fuhr fort: »Ich hatte befürchtet, sie würde vor der Leichenschau bocken – das tun die meisten alten Jung-

fern. Aber da sie Schauspielerin gewesen ist, ist es für
sie *die* Gelegenheit, wieder einmal im Rampenlicht zu
stehen!«
Poirot sagte: »Wollen Sie sie wirklich zur Leichenschau vorladen?«
»Wahrscheinlich nicht. Es kommt darauf an.« Er
machte eine Pause und sagte: »Ich bin mehr denn je
überzeugt, Poirot – das war kein Selbstmord.«
Sie bezahlten das Taxi und betraten das Savoy. Japp
fragte nach Mr. Amberiotis.
Der Empfangschef sah die beiden Männer sonderbar
an: »Mr. Amberiotis? Tut mir leid, Sie können nicht
mit ihm sprechen.«
»Doch, doch, das kann ich«, erklärte Japp grimmig und
zog seinen Ausweis hervor.
Höflich antwortete der Empfangschef: »Sie haben
mich mißverstanden, Sir. Mr. Amberiotis ist vor einer
halben Stunde gestorben.«

3

Vierundzwanzig Stunden später rief Japp bei Poirot an.
Seine Stimme klang enttäuscht: »Unser ganzer Fall ist
geplatzt!«
»Was meinen Sie damit, lieber Freund?«
»Morley hat tatsächlich Selbstmord begangen. Wir haben das Motiv herausgefunden.«
»Und zwar?«
»Ich habe eben den ärztlichen Bericht über den Tod
von Amberiotis bekommen. Wenn man alle kompli-
zierten Fachausdrücke wegläßt, dann ergibt sich, daß
der Mann an einer Überdosis Adrenalin und Procain
gestorben ist. Die Mittel haben auf das Herz gewirkt

und den Tod herbeigeführt. Als der arme Teufel gestern nachmittag sagte, er fühle sich sehr schlecht, sprach er die reine Wahrheit. Nun, da kann man nichts machen. Die Einspritzung, die der Zahnarzt zur örtlichen Betäubung ins Zahnfleisch macht, ist eine Mischung aus Adrenalin und Procain. Morley muß sich geirrt und eine zu große Dosis gespritzt haben. Nachdem Amberiotis fort war, wurde ihm klar, was er angerichtet hatte, und da erschoß er sich eben.«

»Mit einer Pistole, die er nicht besessen hat?«

»Vielleicht hat er sie doch besessen. Verwandte wissen nicht immer alles. Sie würden sogar erstaunt sein, wenn Sie wüßten, wie viele Dinge Verwandte nicht wissen!«

»Ja, das mag stimmen.«

»Damit ist die Sache erledigt«, sagte Japp. »Die Angelegenheit hat sich vollkommen logisch aufgeklärt.«

»Davon«, entgegnete Poirot, »bin ich gar nicht überzeugt. Es ist zwar richtig, daß Patienten in einzelnen Fällen auf die Lokalanästhesie ungünstig reagiert haben. Überempfindlichkeit gegen Adrenalin ist eine wohlbekannte Erscheinung. In Verbindung mit Procain besitzen manchmal ganz kleine Dosen schon eine starke toxische Wirkung. Aber der Arzt oder Zahnarzt, dem so etwas passiert, geht doch nicht so weit, sich umzubringen!«

»Ja, aber da sprechen Sie von Fällen, in denen die Mittel in normaler Dosis angewendet worden sind. In solchen Fällen kann dem Arzt kein besonderer Vorwurf gemacht werden, denn der Tod wird dadurch herbeigeführt, daß der Patient die Mittel nicht verträgt. In unserm Fall handelt es sich aber eindeutig um eine zu große Dosis. Die genaue Menge steht noch nicht fest – diese Mengenanalysen dauern immer endlos –, aber jedenfalls ist die normale Dosis bei weitem überschritten worden. Das bedeutet, daß Morley einen folgenschweren Irrtum begangen haben muß.«

»Aber selbst dann«, sagte Poirot, »war es nur ein Irrtum und kein Verbrechen.«

»Nein, das nicht, aber es hätte ihm beruflich sehr geschadet. Wahrscheinlich hätte es ihn sogar ruiniert. Niemand würde mehr zu einem Zahnarzt gehen, der fähig ist, einem Patienten eine tödliche Dosis Gift beizubringen, nur weil er zufällig gerade ein bißchen zerstreut ist.«

»Es ist schon merkwürdig, das gebe ich zu.«

»Solche Dinge kommen eben vor – sowohl bei Ärzten wie bei Apothekern. Jahrelang sind sie gewissenhaft und zuverlässig – dann auf einmal ein Augenblick der Unachtsamkeit, und das Unglück ist geschehen, und der arme Teufel hat die Folgen zu tragen. Morley war ein sensibler Mensch. Bei den Ärzten ist meistens ein Laborant oder ein Apotheker mitverantwortlich – oft sogar allein verantwortlich. In unserem Fall trug Morley die ganze Verantwortung.«

Poirot war noch nicht überzeugt.

»Hätte er dann nicht irgendeine Mitteilung hinterlassen, um zu erklären, was geschehen war? Und daß er die Folgen nicht auf sich nehmen könne? Nur ein paar Worte in diesem Sinne? Eine Nachricht an seine Schwester?«

»Nein – wie ich die Sache sehe, wurde ihm ganz plötzlich klar, was er angerichtet hatte, und da verlor er die Nerven und suchte den einfachsten Ausweg!«

Poirot antwortete nicht, und Japp sagte gütig: »Ich kenne Sie, alter Freund. Wo Sie einmal einen Mord ahnen, können Sie sich nicht damit abfinden, daß es keiner war. Diesmal bin ich daran schuld, daß Sie auf die falsche Spur geraten sind. Ich habe mich eben geirrt, das gebe ich offen zu.«

»Haben Sie irgend etwas über Amberiotis in Erfahrung gebracht?« fragte Poirot abwesend.

»Ja, ziemlich viel. Er war ein Spion und außerdem ein übler Erpresser. Es hätte einer schon Grund genug haben können, ihn zu ermorden. Aber Morley beabsichtigte dies bestimmt nicht. Er tötete ihn durch Zufall – und bezahlte dafür selber mit dem Leben. Morley beging Selbstmord – glauben Sie mir, Poirot!«

»Wir werden sehen!« murmelte der kleine Mann.

Hercule Poirot saß an seinem schönen, modernen Schreibtisch. Er liebte moderne Möbel. Ihre eckigen, soliden Formen sagten ihm mehr zu als die weichen Konturen älterer Stilrichtungen.

Vor ihm lag ein quadratisches Blatt Papier mit säuberlichen Überschriften und Bemerkungen. Manche davon waren mit Fragezeichen versehen. Zuoberst stand:

Amberiotis. Spionage. Zu diesem Zweck in England? War letztes Jahr in Indien. Während dieser Zeit Unruhen und Aufstände. Könnte kommunistischer Agent sein. Es folgte ein leerer Zwischenraum. Dann kam die nächste Überschrift:

Frank Carter? Morley hielt nichts von ihm. Ist kürzlich von seiner Firma entlassen worden. Warum?

Dann kam ein Name, hinter dem nur ein Fragezeichen stand:

Howard Raikes?

Auf diesen folgte ein Satz in Anführungsstrichen:

»Aber das ist doch absurd!« ? ? ?

Hercule Poirots Kopf war fragend zur Seite geneigt. Vor dem Fenster flog ein Vogel vorbei, einen Zweig im Schnabel, mit dem er ein Nest bauen wollte. Hercule Poirot sah ebenfalls wie ein Vogel aus, als er so dasaß und den eiförmigen Kopf zur Seite neigte.

Etwas weiter unten auf dem Blatt machte er eine weitere Eintragung:

Barnes?

Nach einer Pause schrieb er: *Morleys Büro?* Spur auf dem Teppich. Möglichkeiten.

Die letzte Notiz betrachtete er längere Zeit. Dann stand er auf, ließ sich Hut und Stock geben und ging aus.

Dreiviertel Stunden später verließ Hercule Poirot die Untergrundstation Ealing Broadway, und fünf Minuten später war er am Ziel. Castlegardens Road 88.

Es war ein kleines Zweifamilienhaus, dessen sorgfältig angelegter Vorgarten Poirot ein beifälliges Nicken abnötigte. »Wunderbar symmetrisch«, murmelte er vor sich hin.

Mr. Barnes war zu Hause. Poirot wurde in ein kleines, steif eingerichtetes Eßzimmer geführt, in das ihm Mr. Barnes alsbald folgte.

Er war ein kleiner Mann mit blinzelnden Augen und nahezu kahlem Kopf.

»M. Poirot? Nun, das ist wirklich eine große Ehre!« sagte er.

»Sie müssen verzeihen, daß ich Sie so unvorbereitet überfalle«, sagte Poirot betont höflich.

»Das ist immer bei weitem das beste«, antwortete Mr. Barnes. Er machte eine einladende Handbewegung. »Setzen Sie sich, M. Poirot. Wir haben zweifellos über eine Menge Dinge zu reden. Ich vermute, es handelt sich um die Queen Charlotte Street 58?«

»Sie vermuten richtig – aber wie kommt es, daß Sie überhaupt so etwas vermuten?« fragte Poirot verblüfft.

»Mein lieber M. Poirot«, sagte Mr. Barnes, »ich bin zwar schon vor längerer Zeit aus dem Innenministerium ausgeschieden – aber ganz eingerostet bin ich deswegen doch noch nicht. In einer streng geheimen Angelegenheit ist es besser, sich nicht der Polizei zu bedienen. Erregt nur unnützes Aufsehen!«

»Lassen Sie mich noch eine weitere Frage stellen. Warum vermuten Sie, daß diese Angelegenheit streng geheim ist?«

»Ist sie das vielleicht nicht?« fragte der andere zurück.

»Nun, wenn sie es nicht ist, dann bin ich der Meinung, daß sie es sein sollte.« Er beugte sich vor und klopfte mit seinem Zwicker auf die Stuhllehne. »Beim Geheimdienst will man nie das kleine Gesindel fangen, sondern die großen Drahtzieher – aber um an sie heranzukommen, muß man sich davor hüten, das kleine Gesindel kopfscheu zu machen.«

»Mir scheint, Sie wissen mehr als ich, Mr. Barnes«, entgegnete Poirot immer erstaunter.

»Ich weiß überhaupt nichts«, erwiderte Mr. Barnes. »Ich versuche nur, zwei Tatbestände zu kombinieren.«

»Und welches ist der eine Tatbestand?« fragte Poirot.

»Amberiotis«, sagte Barnes schnell. »Sie dürfen nicht vergessen, daß ich ihm ein paar Minuten lang im Wartezimmer gegenübergesessen habe. Mich hat er nicht erkannt. Ich bin immer ein unauffälliger Mensch gewesen. Das ist manchmal sehr nützlich. Aber ich habe ihn sehr wohl erkannt. Und ich konnte mir denken, was er hier bei uns in England vorhatte.«

»Und was war das?«

»Seine Politik richtet sich gegen die konservative Hochfinanz, wie Alistair Blunt sie verkörpert.«

Nach einer Pause fuhr Mr. Barnes fort: »Blunt gehört zu den Leuten, die im Privatleben jede Rechnung bezahlen und nie mehr ausgeben, als sie einnehmen – gleichgültig, ob er jährlich zwei Pence oder einige Millionen Pfund verdient. Das ist so seine Art. Und er sieht einfach nicht ein, warum ein Staat das nicht ebenso machen soll. Keine kostspieligen Experimente. Keine wahnsinnigen Ausgaben für utopische Experimente. Aus diesem Grund« – er hielt einen Augenblick inne – »aus diesem Grund haben sich gewisse Leute entschlossen, Blunt aus dem Weg zu räumen.«

»Aha«, murmelte Poirot.

Mr. Barnes nickte. »Ja«, bestätigte er. »Ich weiß, wovon ich rede. Es sind ganz reizende Leute darunter. Mit langen Haaren, ernsten Augen und voll von Idealen einer besseren Welt. Auch andere, nicht so reizende – sogar recht ekelhafte Leute. Und dann eine dritte Gruppe, die sich als die ›starken Männer‹ aufspielt. Aber alle haben den gleichen Gedanken: Blunt muß weg!«

Er beugte sich vor.

»Sie sind bestimmt hinter Blunt her, das weiß ich. Und ich bin der Auffassung, daß sie ihn gestern vormittag um ein Haar erwischt hätten. Vielleicht irre ich mich – aber er wäre nicht der erste von der Liste.«

Er machte eine Pause und nannte dann ruhig und überlegt drei Namen. Den eines ungewöhnlich befähigten Schatzkanzlers, den eines fortschrittlichen und weitblickenden Fabrikanten und den eines hoffnungsvollen jungen Politikers, der sich der Gunst der Wählerschaft erfreut hatte. Der erste war auf dem Operationstisch gestorben, der zweite war einer geheimnisvollen Krankheit erlegen, die man zu spät erkannt hatte, der dritte war von einem Auto überfahren und getötet worden.

»Es war alles sehr einfach«, sagte Barnes. »Im ersten Fall ist ein Versehen bei der Narkose passiert – kann vorkommen. Im zweiten Fall hat es rätselhafte Symptome gegeben, die der Arzt – ein braver, ziemlich ahnungsloser Hausarzt – nicht deuten konnte. Im dritten Fall hat eine verängstigte Mutter, die zu ihrem kranken

58

Kind wollte, ihren Wagen unvorsichtig gesteuert. Eine rührende Geschichte – das Gericht hat sie freigesprochen!«

Nach einer Weile fuhr er fort: »Alles ganz mit rechten Dingen zugegangen – und bald vergessen. Aber ich will Ihnen einmal erzählen, was aus den drei Leuten geworden ist. Der Mann, der die Narkose gemacht hat, besitzt jetzt ein eigenes erstklassiges Forschungslaboratorium mit der teuersten Einrichtung. Der Hausarzt hat seine Praxis aufgegeben, hat einen hübschen kleinen Besitz auf dem Land und eine Jacht. Die Mutter läßt alle ihre Kinder auf die kostspieligste Weise erziehen, lebt in einem entzückenden Landhaus, Riesengarten, Ponys zum Reiten und so weiter.«

Er nickte langsam. »In jedem Beruf und in jedem Lebenskreis gibt es jemanden, der einer Versuchung erliegt. In unserm Fall hat die Schwierigkeit darin bestanden, daß Morley ihr nicht erlegen ist!«

»Glauben Sie, daß es sich so abgespielt hat?« fragte nun Poirot.

»Ja«, sagte Barnes. »Wissen Sie, es ist nicht leicht, an solch große Männer heranzukommen. Sie sind im allgemeinen gut geschützt. Der Trick mit dem Auto ist riskant und funktioniert nicht immer. Aber beim Zahnarzt ist man ziemlich wehrlos.«

Er nahm seinen Klemmer ab, putzte ihn blank und setzte ihn wieder auf. Dann sagte er: »Das ist meine Theorie. Morley hat sich geweigert, den Auftrag auszuführen! Aber da er schon zuviel wußte, mußte man ihn beseitigen.«

»Man?« fragte Poirot.

»Wenn ich sage ›man‹, so meine ich die Organisation, die hinter alledem steht. Den eigentlichen Mord hat natürlich eine Einzelperson begangen.«

»Und zwar wer?«

59

»Nun, ich könnte eine Vermutung aussprechen«, sagte Barnes. »Aber es ist wirklich nur eine Vermutung, und vielleicht irre ich mich.«

Poirot fragte ruhig: »Reilly?«

»Natürlich. Das ist der gegebene Mann. Ich denke mir, daß von Morley wahrscheinlich gar nicht verlangt worden ist, die Tat selbst zu begehen. Seine Aufgabe dürfte darin bestanden haben, Blunt im letzten Augenblick an seinen Partner abzutreten. Plötzliches Unwohlsein oder etwas Ähnliches. Den eigentlichen Mord hatte Reilly zu begehen – ein bedauerlicher Unglücksfall – Tod eines bekannten Bankiers – der beklagenswerte junge Zahnarzt in so kummervoller und zerknirschter Verfassung, daß ihn das Gericht nur leicht bestraft hätte. Hinterher hätte er seine Praxis aufgegeben und sich irgendwo mit einem Jahreseinkommen von mehreren tausend Pfund zur Ruhe gesetzt.«

Mr. Barnes schaute zu Poirot hinüber.

»Glauben Sie ja nicht, daß ich spinne«, sagte er. »Solche Dinge kommen vor.«

»Ja, ja, ich weiß, sie kommen vor.«

Mr. Barnes klopfte auf ein Buch in marktschreierischem Einband, das auf dem Tisch in der Nähe lag, und fuhr fort: »Ich lese einen Haufen solcher Spionagegeschichten. Manche klingen phantastisch. Aber merkwürdigerweise sind sie nicht phantastischer als die Wirklichkeit. Es gibt tatsächlich bildschöne Abenteurerinnen, dunkle Ehrenmänner mit ausländischem Akzent, internationale Banden und Meisterverbrecher! Ich würde erröten, wenn ich manches von dem, was ich weiß, gedruckt läse – kein Mensch würde es nur einen Augenblick lang glauben!«

»Welche Rolle spielt Amberiotis in Ihrer Theorie?«

»Darüber bin ich mir nicht ganz klar. Ich glaube, daß er

60

hereingelegt werden sollte. Er hat mehr als einmal doppeltes Spiel gespielt, und ich möchte behaupten, man wollte ihn diesmal zum Sündenbock machen. Aber das ist natürlich nur eine Annahme.«

Hercule Poirot sagte mit ruhiger Stimme: »Angenommen, Ihre Theorie stimmt – was folgt dann jetzt?«

Mr. Barnes rieb sich die Nase. »Sie werden sich von neuem an Blunt heranmachen«, erklärte er. »Doch, doch – sie versuchen es noch einmal. Die Zeit ist knapp. Er hat Leute, die ihn beschützen, denke ich mir. Die werden jetzt besonders aufpassen müssen. Nicht auf jemanden, der mit dem Revolver hinterm Busch sitzt – so einfach ist das nicht. Sorgen Sie dafür, daß auf die achtbaren Leute aufgepaßt wird – auf die Verwandten, auf die Dienerschaft, die seit Jahren im Hause ist, auf den Apothekergehilfen, der eine Medizin zurechtmacht, auf den Händler, der Blunt den Portwein liefert. Alistair Blunt aus dem Weg zu räumen, ist viele Millionen wert, und es ist erstaunlich, was jemand für – sagen wir – eine hübsche Jahresrente von viertausend Pfund zu tun bereit ist!«

»So viel wird dafür bezahlt?«

»Möglicherweise auch mehr . . .«

Poirot schwieg einen Augenblick und sagte dann: »Ich habe von Anfang an Reilly verdächtigt.«

»Weil er Ire ist und der IRA angehören könnte?«

»Nicht so sehr deshalb, sondern weil der Teppich eine Spur aufwies, als sei die Leiche darübergezerrt worden. Wäre Morley dagegen von einem Patienten erschossen worden, dann hätte das im Sprechzimmer stattgefunden, und es wäre unnötig gewesen, die Leiche an eine andere Stelle zu schaffen. Das ist der Grund, weswegen ich von Anfang an den Verdacht hatte, er sei nicht im Sprechzimmer, sondern nebenan im Büro erschossen worden. Und das würde bedeuten, daß ihn nicht ein Patient umgebracht hat, sondern ein Bewohner des Hauses.«

»Saubere Beweisführung«, nickte Mr. Barnes anerkennend.

Hercule Poirot stand auf und reichte ihm die Hand. »Ich danke Ihnen«, sagte er. »Sie haben mir sehr geholfen.

Auf dem Heimweg machte Poirot einen Abstecher ins Glengowrie Court Hotel. Dieser Besuch hatte zur Folge, daß er am folgenden Morgen sehr früh bei Japp anrief.

»*Bon jour, mon ami.* Heute ist die gerichtliche Leichenschau, nicht wahr?«

»Ja. Gehen Sie hin?«

»Ich glaube nicht.«

»Es ist auch nicht der Mühe wert, nehme ich an.«

»Haben Sie Miss Sainsbury Seale als Zeugin geladen?«

»Die schöne Mabelle – warum schreibt sie sich nicht einfach ›Mabel‹? Diese Weiber machen mich ganz verrückt! Nein, ich lade sie nicht vor. Es ist unnötig.«

»Sie haben nichts von ihr gehört?«

»Nein, warum auch?«

Hercule Poirot sagte: »Das wundert mich eigentlich. Vielleicht interessiert es Sie zu erfahren, daß Miss Sainsbury Seale vorgestern abend kurz vor dem Nachtessen das Glengowrie Court Hotel verlassen hat – und noch nicht wieder zurückgekehrt ist.«

»Was? Die ist ausgerissen?«

»Das wäre eine denkbare Erklärung.«

»Aber warum? Sie müssen wissen: Sie ist vollkommen in Ordnung. Was sie uns erzählt hat, stimmt durchwegs. Ich habe ihretwegen nach Kalkutta gekabelt, und gestern abend ist die Antwort gekommen. Alles in Ordnung. Sie ist dort seit Jahren bekannt, und ihr gan-

62

zer Bericht entspricht der Wahrheit – nur mit ihrer Ehe hat sie ein bißchen geschwindelt. Hat einen Hindu-Studenten geheiratet und dann herausgefunden, daß er außerdem noch verschiedene andere Beziehungen zu holder Weiblichkeit unterhielt. Da hat sie ihren Mädchennamen wieder angenommen und in Wohltätigkeit gemacht. Sie steht auf bestem Fuß mit den Missionaren – gibt Sprachunterricht und betätigt sich bei Liebhaberbühnen. In meinen Augen ist sie eine fürchterliche Person – aber jedenfalls weit erhaben über den Verdacht, in eine Mordaffäre verwickelt zu sein. Und jetzt erzählen Sie mir, sie sei uns davongelaufen! Ich kann es nicht verstehen.« Er hielt einen Augenblick inne und sagte dann unsicher: »Vielleicht ist ihr bloß das Hotel verleidet? Mir hätte es auch so gehen können.«

»Ihre Sachen sind noch dort. Sie hat nichts mitgenommen«, erklärte Poirot .

Japp stieß einen Fluch aus.

»Wann ist sie fortgegangen?«

»Ungefähr um Viertel vor sieben.«

»Und was sagen die Leute im Hotel?«

»Sie regen sich sehr auf. Die Leiterin des Hotels, Mrs. Harrison, sieht ganz verzweifelt aus.«

»Warum hat sie keine Anzeige bei der Polizei gemacht?«

»Weil eine Dame, *mon cher*, wenn sie zufällig einmal eine Nacht ausbleibt – ich gebe zu, daß im vorliegenden Fall die äußere Erscheinung keine solche Vermutung zuläßt –, mit Recht erbost wäre, bei ihrer Rückkehr feststellen zu müssen, daß die Polizei benachrichtigt worden ist. Mrs. Harrison hatte verschiedene Spitäler angerufen, falls Miss Seale vielleicht ein Unfall zugestoßen wäre. Sie hat sich gerade überlegt, ob sie Anzeige bei der Polizei erstatten sollte, als ich erschien. Mein Auftauchen bildete für sie gewissermaßen die Antwort auf ihr Gebet. Ich habe alles übernommen und mich verpflichtet, die Unterstützung eines besonders diskreten Kriminalbeamten zu gewinnen.«

»Mit dem diskreten Kriminalbeamten meinen Sie vermutlich mich?«

»Sie vermuten richtig.«

Japp stöhnte: »Also gut. Treffen wir uns nach der Leichenschau im Glengowrie Court Hotel.«

Japp brummte, während sie auf Mrs. Harrison warteten: »Möchte wissen, aus welchem Grund das Frauenzimmer verschwunden ist?«

»Geben Sie zu, daß es merkwürdig ist?«

Sie hatten keine Zeit, das Gespräch fortzusetzen. Mrs. Harrison, die Besitzerin des Glengowrie Court Hotels, kam auf sie zu. Mrs. Harrison war redselig und den Tränen nahe. Sie sorgte sich so um Miss Sainsbury Seale. Was konnte ihr nur zugestoßen sein? Rasch ließ sie alle Möglichkeiten des Verhängnisses Revue passieren: Gedächtnisverlust, plötzliche Erkrankung, Blutsturz, Autounglück. Raubüberfall... Endlich hielt sie, nach Atem ringend, inne und murmelte: »So eine nette, gebildete Dame – und sie hat sich bei uns offensichtlich so wohl gefühlt...«

Auf Japps Bitte hin führte sie die beiden Männer in das keusche Schlafzimmer hinauf, das die verschwundene Dame bewohnt hatte. Dort herrschten Ordnung und Sauberkeit. Kleider hingen an der Garderobe, ein Nachtgewand lag zusammengefaltet auf dem Bett, und in einer Ecke standen Miss Sainsbury Seales zwei bescheidene Handkoffer. Unter dem Toilettentisch befand sich eine Reihe von Schuhen: ein Paar praktische Sporthalbschuhe, zwei Paar ziemlich gewagte Kreationen aus Glacéleder, mit hohen Absätzen und Verzie-

64

rungen, ein Paar Abendschuhe aus glattem schwarzen Satin, so gut wie neu, und ein Paar Pantoffeln. Poirot bemerkte, daß die Abendschuhe eine Nummer kleiner waren als die Straßenschuhe – das ließ entweder auf Hühneraugen oder auf Eitelkeit schließen. Er überlegte, ob Miss Sainsbury Seale wohl Zeit gefunden hatte, vor dem Ausgehen ihre Schuhschnalle wieder anzunähen. Er hoffte es. Nachlässigkeit in der Kleidung störte ihn immer.

Japp war damit beschäftigt, einige Briefe durchzusehen, die er in einer Schublade des Toilettentisches gefunden hatte. Hercule Poirot zog vorsichtig eine Lade der Kommode auf. Sie enthielt lauter Unterwäsche. Er schob die Lade sittsam wieder zu und murmelte, daß Miss Sainsbury Seale anscheinend keine Abneigung dagegen habe, Wolle auf der bloßen Haut zu tragen. Dann öffnete er eine andere Schublade, die Strümpfe enthielt.

»Etwas Besonderes, Poirot?« erkundigte sich Japp.

Poirot hielt ein Paar Strümpfe in die Höhe und sagte niedergeschlagen: »Nummer zehn, billige Glanzseide, Preis vermutlich zwei Shilling elf Pence.«

»Sie brauchen noch nichts für die Testamentseröffnung zu taxieren, alter Freund«, lachte Japp. »Hier sind zwei Briefe aus Indien, ein paar Quittungen von Wohltätigkeitsvereinen, keine Rechnungen. Eine höchst schätzenswerte Person, unsere Miss Sainsbury Seale.«

»Hat aber keinen guten Geschmack, was Kleider angeht«, murmelte Poirot bedauernd.

»Wahrscheinlich betrachtet sie Kleider als weltlichen Tand.«

Japp war dabei, von einem alten Brief, der zwei Monate zurücklag, den Absender zu notieren.

»Vielleicht wissen die Leute etwas über sie«, sagte er.

65

»Wohnen draußen in Hampstead. Der Brief klingt, als ob es ziemlich gute Bekannte wären.«

Es ließ sich im Glengowrie Court Hotel nichts weiter ermitteln, ausgenommen die Feststellung, daß Miss Sainsbury Seale beim Ausgehen in keiner Weise einen erregten oder bekümmerten Eindruck gemacht hatte. Eine baldige Rückkehr lag offensichtlich in ihrer Absicht, denn sie hatte auf dem Weg durch die Halle ihrer neuen Freundin, Mrs. Bolitho, zugerufen: »Nach dem Essen werde ich Ihnen die Patience zeigen, von der ich Ihnen erzählt habe!«

Aber sie war nicht zurückgekehrt. Sie war die Cromwell Road hinuntergegangen und verschwunden. Japp und Poirot begaben sich zu den Leuten in West-Hampstead, deren Adresse sie auf dem Brief gefunden hatten.

Es war ein freundliches Haus, und die Familie Adams bestand aus zahlreichen freundlichen Leuten. Jahrelang hatten sie in Indien gelebt, und mit Wärme sprachen sie von Miss Sainsbury Seale. Aber helfen konnten sie nicht.

Sie hatten sie in der letzten Zeit nicht mehr gesehen – einen ganzen Monat nicht, seit sie aus den Osterferien zurückgekommen waren. Damals hatte sie in einem Hotel nahe dem Russell Square gewohnt. Mrs. Adams gab Poirot die Adresse dieses Hotels und auch die Adresse einer anderen mit Miss Seale befreundeten angloindischen Familie, die in Streatham wohnte. Aber auch diese beiden Adressen erwiesen sich als Fehlschläge. Miss Sainsbury Seale hatte zwar in dem fraglichen Hotel gewohnt, aber man erinnerte sich dort an nichts, was irgendwie von Wert war. Eine nette, ruhige Dame, die vorher im Ausland gelebt hatte. Auch die Leute in Streatham konnten keine Auskunft geben. Sie hatten Miss Seale seit Februar nicht mehr gesehen.

Blieb noch die Möglichkeit eines Unfalls, aber auch

diese löste sich in nichts auf. In keinem Krankenhaus fand sich jemand, der der abgegebenen Beschreibung entsprach.

Miss Seale war spurlos verschwunden.

Am folgenden Morgen ging Poirot ins Holborn Palace Hotel und fragte nach Mr. Howard Raikes.

Er wäre kaum überrascht gewesen, hätte man ihm gesagt, daß auch Mr. Howard Raikes eines schönen Abends ausgegangen und nicht zurückgekommen sei. Mr. Howard Raikes wohnte jedoch noch im Holborn Palace; es hieß, er sei gerade beim Frühstück.

Das Auftauchen Hercule Poirots im Speisesaal schien Mr. Raikes nur ein zweifelhaftes Vergnügen zu bereiten. Er sah zwar nicht mehr ganz so mordlustig aus wie in Poirots undeutlichem Erinnerungsbild, machte aber immer noch einen äußerst finsteren Eindruck. Er starrte den ungeladenen Gast an und sagte unliebenswürdig: »Was zum Teufel wollen Sie von mir?«

»Sie gestatten?«

Poirot zog sich einen Stuhl vom Nebentisch heran.

Mr. Raikes sagte: »Lassen Sie sich durch mich nicht stören! Nehmen Sie Platz und tun Sie, als ob Sie zu Hause wären!«

Lächelnd machte Poirot von der Erlaubnis Gebrauch.

Ungnädig wiederholte der junge Mann: »Also, was wollen Sie?«

»Erinnern Sie sich an mich, Mr. Raikes?«

»Habe Sie in meinem Leben noch nicht gesehen.«

»Da irren Sie sich. Vor drei Tagen haben Sie wenigstens fünf Minuten lang mit mir im gleichen Zimmer gesessen.«

»Ich kann mich nicht an jeden Menschen erinnern, mit dem ich auf irgendeiner verdammten Gesellschaft zusammenkomme.«

»Es war keine Gesellschaft«, sagte Poirot. »Es war im Wartezimmer eines Zahnarztes.« Eine plötzliche Erregung flammte in den Augen des jungen Mannes auf, erstarb aber sofort wieder. Sein Verhalten änderte sich. Er war nicht mehr ungeduldig und gleichgültig. Er war plötzlich auf der Hut.

»Und –« fragte er lauernd.

Poirot beobachtete ihn prüfend, ehe er antwortete. Er hatte das ganz bestimmte Gefühl, dies sei wirklich ein gefährlicher junger Mann. Ein schmales, asketisches Gesicht, ein aggressives Kinn, fanatische Augen. Aber es war ein Gesicht, das Frauen vielleicht anziehend fanden.

In Gedanken faßte Poirot seinen Eindruck zusammen: Ein Wolf mit Ideen . . .

Grob fragte Raikes: »Was wollen Sie eigentlich von mir, zum Teufel?«

»Mein Besuch ist Ihnen unangenehm?«

»Ich weiß nicht einmal, wer Sie sind.«

»Ich bitte um Entschuldigung.«

Wie ein Taschenspieler förderte Poirot eine Visitenkarte zutage und reichte sie über den Tisch.

Von neuem spiegelten Mr. Raikes' Züge jene Empfindungen wider, die Poirot nicht deuten konnte. Es war nicht Furcht – eher Angriffslust. Und dann, ganz deutlich: Zorn. Er warf die Visitenkarte auf den Tisch.

»Der sind Sie also? Ich habe von Ihnen gehört.«

»Die meisten Menschen haben von mir gehört«, murmelte Poirot bescheiden.

»Ein Privatdetektiv, was? Einer von der kostspieligen Sorte. Einer von denen, die engagiert werden, wo Geld keine Rolle spielt – wo die Leute jeden Preis zahlen, nur um ihre elende Haut zu retten!«

»Wenn Sie Ihren Kaffee nicht trinken«, meinte Hercule Poirot, »wird er kalt.«

Er sprach freundlich und mit Autorität.

Raikes starrte ihn an.

»Sagen Sie: Was sind Sie eigentlich für ein Vogel?«

»Der Kaffee in diesem Lande ist ohnehin sehr schlecht«, erklärte Poirot bedauernd.

»Das kann man wohl behaupten«, bestätigte Mr. Raikes.

»Aber wenn Sie ihn kalt werden lassen, ist er praktisch ungenießbar.«

Der junge Mann beugte sich vor.

»Worauf wollen Sie hinaus? Wozu sind Sie hergekommen?«

Poirot zuckte die Achseln.

»Ich wollte – Sie sprechen.«

Raikes' Augen wurden schmal.

»Wenn Sie etwa auf Geld aus sind, dann sind Sie an den Falschen geraten! Leute wie ich können sich nicht leisten zu kaufen, was sie haben wollen. Gehen Sie lieber zu dem Mann, der Ihnen Ihr Honorar zahlt.«

Poirot meinte seufzend: »Bis jetzt hat mir noch keiner etwas bezahlt!«

»Das können Sie mir lange erzählen«, fauchte Raikes.

»Es entspricht der Wahrheit«, sagte Hercule Poirot. »Ich verschwende eine Menge wertvolle Zeit ohne jede wie immer geartete Entschädigung. Bloß, um – sagen wir – meine Neugier zu befriedigen.«

»Und ich nehme an«, entgegnete Mr. Raikes, »daß Sie neulich bei dem verfluchten Zahnarzt ebenfalls bloß Ihre Neugier befriedigt haben.«

Poirot schüttelte den Kopf.

»Sie übersehen die allereinfachste Ursache, weswegen man sich im Wartezimmer eines Zahnarztes aufhält – nämlich, um sich die Zähne behandeln zu lassen.«

»Deshalb waren Sie also dort?« Mr. Raikes' Ton drückte ungläubige Verachtung aus. »Um sich die Zähne behandeln zu lassen?«

»Gewiß.«

»Sie werden verzeihen, wenn ich Ihnen sage, daß ich das nicht glaube.«

»Darf ich dann fragen, Mr. Raikes, was *Sie* beim Zahnarzt gemacht haben?«

Mr. Raikes lächelte plötzlich: »Jetzt haben Sie mich erwischt! Ich war ebenfalls zur Behandlung dort.«

»Sie haben vielleicht Zahnschmerzen gehabt?«

»Richtig, Sie Schlaumeier.«

»Und trotzdem sind Sie fortgegangen, ohne sich behandeln zu lassen?«

»Nun, und wenn schon? Das ist doch meine Angelegenheit . . .« Er hielt inne und sagte dann mit rasch aufflammendem Zorn: »Ach, zum Teufel, warum reden wir immer um die Sache herum? Sie waren einfach dort, um auf Ihren Prominenten aufzupassen. Und Ihrem wertvollen Mr. Alistair Blunt ist ja auch nichts zugestoßen. Mir können Sie nichts nachweisen.«

»Wohin gingen Sie, als Sie so plötzlich das Wartezimmer verließen?« fragte Poirot plötzlich scharf.

»Aus dem Hause, natürlich.«

»Aha!« Poirot blickte nach der Decke. »Aber niemand sah Sie hinausgehen, Mr. Raikes.«

»Macht das etwas aus?«

»Möglicherweise. Bedenken Sie: Kurz darauf ist in demselben Haus jemand eines gewaltsamen Todes gestorben.«

Raikes sagte: »Ach so, Sie meinen den Zahnklempner.«

Poirots Stimme klang hart, als er antwortete: »Ja, ich meine den Zahnklempner.«

Raikes starrte ihn an. »Wollen Sie das etwa mir in die

Schuhe schieben?« fragte er. »Ist das Ihre Absicht? Das
wird Ihnen nicht gelingen. Ich habe eben den Bericht
über die gestrige Leichenschau gelesen. Der arme Teufel hat sich erschossen, weil er sich bei einer Lokalanästhesie irrte und der betreffende Patient starb.«
Poirot fuhr unbewegt fort: »Könnten Sie beweisen,
daß Sie das Haus verlassen haben? Kann jemand mit
Bestimmtheit angeben, wo Sie sich zwischen zwölf
und eins aufgehalten haben?«
Raikes kniff die Augen zusammen.
»Sie versuchen also tatsächlich, die Geschichte mir in
die Schuhe zu schieben? Wahrscheilich hat Blunt Sie
dazu angestiftet?«
Poirot seufzte: »Verzeihen Sie – aber dieses fortwäh-
rende Herumreiten auf Mr. Alistair Blunt ist anscheinend eine Zwangsvorstellung von Ihnen. Ich stehe
nicht in seinen Diensten und habe nie in seinen Diensten gestanden. Ich befasse mich nicht mit seinem
Schutz, sondern mit dem Tod eines Menschen, der in
seinem selbstgewählten Beruf nützliche Arbeit gelei-
stet hat.«
Raikes schüttelte den Kopf. »Tut mir leid«, murrte er,
»ich glaube Ihnen nicht. Sie sind und bleiben für mich
Blunts Privatschnüffler.« Ein harter Zug trat in sein
Gesicht, als er sich über den Tisch lehnte. »Aber Sie
können ihn nicht schützen, verstehen Sie? Er muß verschwinden – er und alles, was er verkörpert. Eine neue
Zeit muß anbrechen. Das alte, korrupte Finanzsystem
muß weg – dieses verfluchte Netz von Bankiers, das
die Welt wie ein Spinngewebe umgibt. Alles das muß
weggefegt werden. Ich habe nichts gegen Blunt als
Person – aber als Typus hasse ich ihn. Er ist mittelmä-
ßig – ein Philister. Er ist einer von denen, die man nur
mit Dynamit wegsprengen kann. Er gehört zu den Leuten, die sagen: ›Die Grundlagen der Zivilisation darf

71

man nicht zerstören.‹ Darf man das wirklich nicht? Er wird schon sehen! Blunt ist ein Hindernis auf dem Weg zum Fortschritt und muß deshalb beseitigt werden. Für Menschen wie Blunt ist heutzutage auf der Welt kein Platz – Menschen, die sich nach der Vergangenheit zurücksehnen und so leben möchten, wie ihre Väter oder sogar Großväter gelebt haben! Hier in England gibt es viele solche Leute – verknöcherte alte Reaktionäre, unnütze, verbrauchte Überbleibsel einer morschen Epoche. Bei Gott, die müssen verschwinden! Eine neue Welt muß entstehen. Verstehen Sie: eine neue Welt!«

Poirot seufzte und stand auf. »Ich sehe«, sagte er. »Sie sind ein Idealist.«

»Und was ist dagegen einzuwenden?«

»Sie sind zu sehr Idealist, um sich aus dem Tod eines Zahnarztes etwas zu machen.«

Verächtlich sagte Raikes: »Wirklich, was geht mich der Tod eines einzigen, armseligen Zahnarztes an?«

»Sie geht er nichts an«, antwortete Poirot. »Mich geht er an. Das ist der Unterschied zwischen uns beiden.«

Als Poirot heimkam, teilte George ihm mit, daß eine Dame auf ihn warte. »Die Dame ist – äh – etwas nervös«, sagte George. Da die Dame ihren Namen nicht genannt hatte, stand es Poirot frei zu raten, um wen es sich handelte. Er hatte falsch geraten, denn die junge Frau, die bei seinem Eintritt erregt vom Sofa aufsprang, war die Sekretärin des verstorbenen Mr. Morley, Gladys Nevill.

»Ach, M. Poirot, es ist mir so unangenehm, Sie in dieser Weise zu überfallen, und ich weiß wirklich nicht, wie ich den Mut gefunden habe, herzukommen – ich fürchte, Sie werden mich für sehr aufdringlich halten, und ich möchte Ihre Zeit wirklich nicht in Anspruch nehmen – ich weiß ja, wie wenig Zeit ein vielbeschäftigter Mann wie Sie hat, aber ich war tatsächlich so unglücklich – ich denke mir nur, Sie werden es für reine Zeitverschwendung halten . . .«

Durch seinen langjährigen Umgang mit dem englischen Volk gewitzt, schlug Poirot eine Tasse Tee vor. Miss Nevills Reaktion entsprach vollkommen seinen Erwartungen.

»Also, M. Poirot, das ist wirklich reizend von Ihnen. Es ist ja noch ziemlich früh am vormittag – aber eine Tasse Tee kann man immer vertragen, nicht wahr?«

Poirot, der eine Tasse Tee immer entbehren konnte, stimmte ihr heuchlerisch zu. George erhielt entsprechende Anweisungen, und in erstaunlich kurzer Zeit saßen Poirot und seine Besucherin einander an einem Teetischchen gegenüber.

»Ich muß Sie um Entschuldigung bitten«, sagte Miss Nevill, die unter dem Einfluß des Getränks ihr gewohntes sicheres Auftreten allmählich wiedergewann, »aber die Sache ist so, daß mich die gestrige Leichenschau ziemlich aufgeregt hat.«

»Davon bin ich überzeugt«, meinte Poirot freundlich.

»Nicht, daß ich als Zeugin hätte aussagen sollen oder dergleichen – davon war gar nicht die Rede. Aber ich hatte das Gefühl, Miss Morley müßte eine Begleitung haben. Gewiß, Mr. Reilly war da – aber ich meine: ein weibliches Wesen als Begleitung. Außerdem schätzt Miss Morley Mr. Reilly nicht besonders. Deshalb hielt ich es für meine Pflicht, mit ihr hinzugehen.«

»Da haben Sie bestimmt ein gutes Werk getan«, sagte Poirot.

»Ach nein – ich mußte es einfach tun. Schauen Sie, ich habe eine ganze Reihe von Jahren für Mr. Morley gearbeitet – die ganze Sache war ein schwerer Schlag für mich, und die Leichenschau hat natürlich alles noch verschlimmert . . .«

»Ja, das kann ich mir denken.«

Miss Nevill beugte sich mit ernstem Gesicht vor.

»Aber es stimmt ja alles nicht, M. Poirot. Es stimmt wirklich nicht.«

»Was stimmt nicht, Mademoiselle?«

»Nun, die Art und Weise, wie sich alles abgespielt haben soll – ich meine, daß er einem Patienten eine tödliche Dosis . . .«

»Sie glauben das nicht?«

»Ich bin überzeugt, daß es nicht so war. Gelegentlich kommt es schon vor, daß die örtliche Betäubung eine nachteilige Wirkung hat, aber nur bei Patienten, die bestimmte körperliche Beschwerden haben – meist ist das Herz nicht in Ordnung. Aber eine Überdosis ist etwas äußerst Seltenes. Schauen Sie – Zahnärzte sind so gewohnt, die vorgeschriebene Dosis zu geben, daß das Spritzen zu einem ganz mechanischen Vorgang wird – man gibt die richtige Dosis automatisch.«

Poirot nickte zustimmend: »Ja, diesen Gedanken habe ich auch gehabt.«

»Schauen Sie, die Mittel sind vollkommen standardisiert. Es ist nicht wie bei einem Apotheker, der dauernd verschiedene Rezepte zurechtmacht oder die Dosierung verändern muß – da kann natürlich durch Unaufmerksamkeit leicht ein Irrtum entstehen. Oder bei einem Arzt, der viele verschiedenartige Rezepte schreiben muß. Aber bei einem Zahnarzt ist das ganz anders.«

»Haben Sie versucht, diese Auffassung bei der gerichtlichen Leichenschau zu äußern?« erkundigte sich Poirot.

Gladys Nevill schüttelte den Kopf. »Nein!« stieß sie schließlich hervor, »ich habe mich gescheut, die – die

74

Dinge noch zu verschlimmern. Natürlich weiß ich, daß
Mr. Morley ein solcher Irrtum nicht hätte passieren
können – aber dann hätten die Leute gedacht, er habe
es absichtlich getan.«

Poirot nickte, und Gladys Nevill fuhr hastig fort: »Deshalb bin ich zu Ihnen gekommen, M. Poirot. Weil Sie
keine – keine Behörde sind. Aber ich bin der Ansicht,
irgend jemand müsse erfahren, wie – wie wenig überzeugend die ganze Geschichte klingt.«

»Leider wünscht das niemand zu erfahren«, murmelte
Poirot.

Sie schaute ihn überrascht an, und nach einer Weile
sagte er: »Ich wüßte gern Näheres über das Telegramm, durch das Sie neulich aus London fortgelockt
worden sind.«

»Ehrlich gesagt, M. Poirot, ich weiß nicht, was ich davon halten soll. Es erscheint mir so sonderbar.
Schauen Sie: Das Telegramm muß jemand abgeschickt
haben, der genau über mich Bescheid weiß – und auch
über meine Tante, wo sie wohnt und dergleichen.«

»Ja, man hat den Eindruck, daß es entweder aus Ihrem
engsten Bekanntenkreis stammt oder von jemandem,
der bei Morleys im Haus lebt und gut über Sie informiert ist.«

»Von meinen Freunden würde niemand so etwas tun,
Monsieur Poirot.«

»Sie selbst haben gar keine Vermutungen?«

Das Mädchen zögerte und sagte dann langsam: »Ganz
zu Anfang, als ich hörte, Mr. Morley habe sich erschossen, dachte ich, er habe das Telegramm vielleicht
selber geschickt.«

»Sie meinen, aus Rücksicht auf Sie – um Sie aus dem
Weg zu haben?«

Sie nickte.

»Aber dann ist mir dieser Gedanke zu phantastisch

vorgekommen – selbst wenn er wirklich geplant hätte, sich an diesem Vormittag umzubringen. Es ist tatsächlich sehr sonderbar. Frank – mein Freund – hat sich dabei zuerst ganz albern benommen. Er hat mir vorgeworfen, ich hätte an diesem Tag mit einem anderen Mann verreisen wollen– als ob ich jemals so etwas tun würde!«

»Gibt es einen – anderen Mann?«

Miss Nevill errötete.

»Nein, natürlich nicht. Doch Frank ist in letzter Zeit so anders gewesen – so bedrückt und mißtrauisch. Aber wissen Sie, das war nur, weil er seine Stellung verloren hat und keine neue finden konnte. Müßiggang ist so schädlich für einen Mann. Ich habe mich um Frank sehr gesorgt.«

»Er hat sich sehr aufgeregt, nicht wahr, als er feststellte, daß Sie an dem betreffenden Tag verreist waren?«

»Ja – denn er war gekommen, um mir zu erzählen, daß er eine neue Stellung gefunden habe – eine wunderbare Stellung – zehn Pfund in der Woche. Und er war ungeduldig: Ich sollte es sofort erfahren. Außerdem wünschte er wohl, daß auch Mr. Morley es erfahren sollte, denn es kränkte ihn sehr, daß Mr. Morley ihn nicht schätzte.«

Leichthin sagte Poirot: »Ich würde Ihren Freund gern kennenlernen.«

»Das wäre mir sehr recht, M. Poirot. Aber augenblicklich hat er nur den Sonntag frei. Während der Woche arbeitet er auf dem Land.«

»Ah, die neue Stellung. Was ist das übrigens für eine Arbeit?«

»Genau weiß ich das auch nicht. Ich glaube, so eine Art Sekretärsposten. Oder bei einer Behörde. Ich muß meine Briefe an Franks Londoner Adresse schicken, und von dort werden sie ihm nachgesandt.«

»Finden Sie das nicht ein bißchen sonderbar?«

»Ja, anfangs fand ich es schon – aber Frank meint, das werde heuzutage oft gemacht.«

Poirot sah sie ein paar Sekunden schweigend an. Dann sagte er entschlossen: »Morgen ist Sonntag, nicht wahr? Vielleicht machen Sie mir beide das Vergnügen, mit mir zu Mittag zu essen – sagen wir, im Longans Corner Restaurant? Ich möchte diesen traurigen Vorfall mit Ihnen beiden besprechen.«

»Danke vielmals, M. Poirot. Ich – wir werden uns sehr freuen!«

Frank Carter war ein blonder, mittelgroßer junger Mann, dessen Erscheinung billige Eleganz verriet. Er redete bereitwillig und fließend. Seine Augen standen ziemlich nahe beisammen und bewegten sich unruhig hin und her, wenn er verlegen war. Er war mißtrauisch und etwas feindselig gestimmt.

»Ich hatte keine Ahnung, daß wir das Vergnügen haben würden, mit Ihnen zu speisen. M. Poirot. Gladys hat mir nichts davon erzählt.«

Er warf ihr einen ärgerlichen Blick zu.

»Es wurde erst gestern vereinbart«, entschuldigte Poirot lächelnd. »Miss Nevill hat sich über die näheren Umstände von Mr. Morleys Tod sehr aufgeregt, und ich dachte, wenn wir alle einmal einen Kriegsrat abhalten würden . . .«

Frank Carter unterbrach ihn grob.

»Morleys Tod? Morleys Tod hängt mir schon zum Hals heraus! Denk doch einfach nicht mehr an den Mann, Gladys. Ich verstehe nicht, was an ihm so großartig gewesen sein soll.«

»Oh, Frank – das darfst du nicht sagen. Schon allein, daß er mir hundert Pfund vermacht hat – gestern abend habe ich den Brief bekommen, in dem das stand.«

»Nun ja, das ist ja ganz gut und schön«, gab Frank grollend zu. »Aber warum schließlich auch nicht? Wie eine Sklavin hat er dich schuften lassen – und wer hat alle die fetten Honorare eingesteckt? Er!«

»Aber das war doch vollkommen in Ordnung – er hat mir ein sehr gutes Gehalt gezahlt.«

»Nicht, was ich unter einem guten Gehalt verstehe! Mein liebes Kind, du bist viel zu gutmütig – du läßt dich ausnützen. Ich habe Morley ganz richtig eingeschätzt. Du weißt so gut wie ich, daß er alles versucht hat, um uns beide auseinanderzubringen.«

»Er hat es nicht besser verstanden.«

»Er hat es sehr wohl verstanden. Der Mann ist jetzt tot, sonst hätte ich ihm einmal meine Meinung gesagt – kannst dich darauf verlassen.«

»Zu diesem Zweck sind Sie auch am Todestag von Mr. Morley ins Haus gekommen, nicht wahr?« fragte Hercule Poirot freundlich.

Frank Carter sagte zornig: »Wer hat das behauptet ...?«

»Sie sind doch gekommen, nicht wahr?«

»Nun, und wenn schon? Ich wollte Miss Nevill sprechen.«

»Aber man hat Ihnen mitgeteilt, sie sei nicht da.«

»Ja, und das hat mich äußerst mißtrauisch gemacht, kann ich Ihnen sagen. Ich habe diesem rothaarigen Trottel gesagt, daß ich warten und selbst mit Morley sprechen würde. Ich hatte es satt, daß er Gladys dauernd gegen mich aufhetzte, und wollte ihm klarmachen, daß ich kein armseliger Taugenichts bin, sondern ein Mann in guter Stellung, der absolut in der Lage ist zu heiraten.«

»Aber Sie haben doch nicht mit Morley gesprochen?«

»Nein, ich bekam das Warten in dieser verstaubten Gruft satt und ging fort.«

»Um welche Zeit verließen Sie das Haus?«

»Daran kann ich mich nicht erinnern.«

»Haben Sie eine halbe Stunde gewartet – länger oder kürzer als eine halbe Stunde?«

»Ich sage Ihnen doch, ich weiß es nicht. Ich gehöre nicht zu den Leuten, die dauernd auf die Uhr schauen.«

»War noch jemand im Wartezimmer, während Sie dort warteten?«

»Ein dicker, öliger Kerl war da, als ich eintrat, aber er wurde bald zu Morley gerufen. Dann war ich allein.«

»Dann müssen Sie vor halb eins gegangen sein – denn um diese Zeit ist eine Dame gekommen.«

»Schon möglich. Wie gesagt, die Bude ist mir auf die Nerven gegangen.«

Poirot sah ihn nachdenklich an. Das forsche Auftreten wirkte irgendwie unecht. Aber das ließ sich vielleicht auch durch bloße Nervosität erklären. Einfach und ungekünstelt sagte darum Poirot: »Miss Nevill erzählte mir, daß Sie großes Glück gehabt und eine sehr gute Stellung gefunden haben.«

»Das Gehalt ist gut.«

»Zehn Pfund pro Woche, habe ich gehört.«

»Stimmt. Nicht übel, was? Das beweist, daß ich etwas erreichen kann, wenn ich es mir in den Kopf setze.«

Carter sah sehr stolz aus.

»Ja, in der Tat. Und die Arbeit ist nicht zu anstrengend?«

»Es geht.«

»Und interessant?«

»O ja, ganz interessant. Da wir gerade von Arbeit reden: Ich habe mich immer gefragt, wie ihr Privatdetektive eigentlich arbeitet. Ich nehme an, die Zeiten des seligen Sherlock Holmes sind vorbei, oder? Heutzutage gibt es wohl nur noch Scheidungsaffären zu bearbeiten?«

»Ich befasse mich nicht mit Ehescheidungen.«

79

»So? Dann begreife ich nicht, wie Sie existieren können.«

»Man richtet sich ein, lieber Freund, man richtet sich ein.«

»Aber Sie sind doch eine Koryphäe auf Ihrem Gebiet, nicht wahr, M. Poirot?« warf Gladys Nevill ein. »Mr. Morley hat das immer behauptet. Ich meine: Detektive wie Sie arbeiten für königliche Hoheiten oder für das Innenministerium oder für Herzoginnen.«

Poirot lächelte sie an. »Sie schmeicheln mir«, sagte er dann.

Nachdenklich kehrte Poirot heim und rief sofort Japp an

»Verzeihen Sie, lieber Freund, wenn ich Sie störe – aber haben Sie eigentlich etwas unternommen, um dem bewußten Telegramm an Gladys Nevill auf die Spur zu kommen?«

»Sind Sie immer noch an der Sache dran? Ja, wir haben das Telegramm tatsächlich aufgespürt. Die Sache war sehr schlau eingefädelt: Die Tante wohnt in Richbourne in Somerset, und das Telegramm wurde in Richbarn, einem Londoner Vorort, aufgegeben.«

Anerkennend meinte Poirot:

»Das war schlau – ja, das war schlau. Wenn die Empfängerin zufällig nach dem Aufgabeort sah, besaß dieser Name genügend Ähnlichkeit mit Richbourne, um keinen Verdacht zu erregen.« Er hielt inne. »Wissen Sie, was ich denke, Japp?«

»Nun?«

»Hinter dieser Sache steckt Verstand.«

»Hercule Poirot wünscht, daß es Mord ist, also muß es Mord sein.«

»Und wie erklären Sie sich das Telegramm?«

»Ein Zufall. Jemand hat einen Streich gespielt.«

80

»Aus welchem Grund?«

»Du lieber Himmel, Poirot – aus welchem Grund tut man so etwas? Aus Spaß, aus Fopperei. Ein verdrehter Sinn für Humor – das ist alles.«

»Und der Spaß mußte ausgerechnet an dem Tag stattfinden, an dem Morley den Irrtum mit der Injektion begeht?«

»Vielleicht hat dabei ein gewisser Zusammenhang von Ursache und Wirkung bestanden: Eben weil die Assistentin abwesend war, hat sich Morley infolge seiner dadurch bedingten Überlastung in der Dosis geirrt.«

»Ich bin noch nicht überzeugt.«

»Das glaube ich Ihnen – aber sehen Sie nicht, wohin Ihre Auffassung führt? Wenn jemand die Nevill aus dem Weg haben wollte, dann war es vermutlich Morley selbst. Und daraus würde sich ergeben, daß er Amberiotis mit Vorbedacht und nicht aus Versehen umgebracht hat.«

Poirot schwieg.

Japp sagte: »Sehen Sie das ein?«

»Amberiotis kann auch auf andere Weise umgebracht worden sein«, erklärte Poirot.

»Ausgeschlossen. Niemand hat ihn im Savoy besucht, und im ärztlichen Befund steht ausdrücklich, daß das Zeug gespritzt und nicht geschluckt worden ist – im Magen war nichts davon zu finden. Da ist nicht viel zu machen – der Fall liegt klar.«

»Ja, das sollen wir eben glauben ... Und was ist mit der verschwundenen Dame?«

»An dem Fall arbeiten wir noch. Irgendwo muß das Weibsbild doch sein! Man kann schließlich nicht einfach auf die Straße laufen und sich in Luft auflösen.«

»Das hat sie aber anscheinend getan.«

»Im Augenblick sieht es so aus. Aber irgendwo muß

81

sie sein, tot oder lebendig – und ich glaube nicht, daß
sie tot ist.«

»Warum nicht?«

»Weil wir sonst inzwischen die Leiche gefunden hätten.«

»Oh, lieber Freund – tauchen denn Leichen immer
schon so bald auf?«

»Wahrscheinlich wollen Sie mir jetzt einreden, die
Frau sei gleichfalls umgebracht worden?«

»Man kann nie wissen«, sagte Poirot vorsichtig.
»Aber die Hauptsache ist, daß Sie sie erst einmal finden.«

»Ja, ja, natürlich. Wir werden jetzt ihren Steckbrief
durch die Presse veröffentlichen und auch den Rund-
funk mobilisieren.«

»Aha«, meinte Poirot, »das könnte was bringen.«

»Machen Sie sich keine Sorgen, alter Freund. Wir
werden Ihnen Ihre verschwundene Schönheit schon
zur Stelle schaffen – einschließlich wollener Unterwäsche und allem anderen.«

Japp legte auf.

George betrat in seiner gewohnten geräuschlosen Art
das Zimmer. Er stellte eine Kanne dampfende Schokolade und etwas Gebäck auf ein Tischchen.

»Haben Sie noch einen Wunsch, Monsieur?«

»Meine Gedanken befinden sich in großer Verwirrung, George.«

»Wirklich, Monsieur? Das tut mir leid.«

Hercule Poirot goß sich eine Tasse Schokolade ein
und rührte gedankenvoll darin herum.

George blieb in ehrerbietiger Haltung wartend stehen, denn er verstand das Zeichen zu deuten. Es gab
Augenblicke, in denen Hercule Poirot seine Fälle mit
dem Diener besprach. Er pflegte zu sagen, Georges
Bemerkungen seien ungewöhnlich nützlich.

82

»Es ist Ihnen zweifellos bekannt, George, daß mein Zahnarzt eines plötzlichen Todes gestorben ist?«

»Mr. Morley, Monsieur? Ja, Monsieur. Sehr unangenehm, Monsieur. Er hat sich erschossen, wie ich höre.«

»Das ist die allgemeine Annahme. Wenn er sich nicht selbst erschossen hat, dann hat man ihn ermordet.«

»Jawohl, Monsieur.«

»Die Frage ist nun: Wenn er ermordet worden ist – wer hat die Tat begangen?«

»Ganz richtig, Monsieur.«

»Es gibt nur eine beschränkte Zahl von Menschen, George, die den Mord begangen haben können. Das heißt: die Menschen, die zu der betreffenden Zeit im Hause waren oder im Hause hätten sein können.«

»Sehr richtig, Monsieur.«

»Diese Menschen sind: eine Köchin und ein Hausmädchen – freundliche Angestellte, von denen kaum anzunehmen ist, daß sie etwas Derartiges tun würden. Ferner eine treue Schwester – ebenfalls sehr unwahrscheinlich –, die aber immerhin das ganze Geld ihres Bruders erbt; man darf den finanziellen Aspekt nie vollständig außer acht lassen. Ein fähiger und tüchtiger Teilhaber – das eventuelle Motiv unbekannt. Ein etwas einfältiger Boy, der gern billige Kriminalromane liest. Und endlich ein Herr aus Griechenland mit etwas zweifelhafter Vergangenheit.«

George hustete.

»Diese Ausländer, Monsieur ...«

»Ganz richtig. Ich pflichte Ihnen vollkommen bei. Der Herr aus Griechenland ist entschieden verdächtig. Aber schauen Sie, George, der griechische Herr ist gleichfalls gestorben, und es ist anscheinend Mr. Morley gewesen, der ihn umgebracht hat, – ob mit Absicht oder auf Grund eines bedauerlichen Irrtums, wissen wir nicht.«

»Es könnte so sein, Monsieur, daß die Herren sich gegenseitig umgebracht haben. Ich meine folgendes, Monsieur: Jeder der beiden Herren hatte den Plan gefaßt, den anderen Herrn umzubringen – natürlich ohne Wissen des anderen Herrn.«

Hercule Poirot schnurrte beifällig.

»Äußerst scharfsinnig, George. Der Zahnarzt ermordet den unglücklichen Herrn, der im Sessel sitzt, ohne zu wissen, daß besagtes Opfer im gleichen Augenblick genau überlegt, wann es die Pistole ziehen soll. So könnte es sich natürlich abgespielt haben – aber, George, das kommt mir doch höchst unwahrscheinlich vor. Und unsere Personenliste ist noch nicht zu Ende. Es gibt noch zwei weitere Leute, die im gegebenen Moment möglicherweise im Hause waren. Alle Patienten vor Mr. Amberiotis sind beim Verlassen des Hauses gesehen worden – alle bis auf einen jungen Amerikaner. Er hat das Wartezimmer ungefähr zwanzig Minuten vor zwölf verlassen, aber niemand hat gesehen, daß er aus dem Haus gegangen ist. Deshalb müssen wir ihn als einen möglichen Täter betrachten. Der andere ist ein gewisser Frank Carter – kein Patient –, der kurz nach zwölf ins Haus gekommen ist, mit der Absicht, Mr. Morley zu sprechen. Den hat auch niemand weggehen sehen. Das, mein guter George, sind die Tatsachen : Was halten Sie davon?«

»Um welche Zeit wurde der Mord begangen, Monsieur . . .?«

»Wenn der Mord von Mr. Amberiotis begangen wurde, dann irgendwann zwischen zwölf Uhr und zwölf Uhr fünfundzwanzig. Wenn ein anderer den Mord begangen hat, dann muß das nach zwölf Uhr fünfundzwanzig geschehen sein, denn sonst hätte Amberiotis die Leiche sehen müssen.«

Er blickte George aufmunternd an.

»Nun, mein guter George, was halten Sie von der Geschichte?«

George überlegte. Schließlich sagte er: »Was mir auffällt, Monsieur . . .«

»Ja, George?«

»Monsieur werden sich einen anderen Zahnarzt suchen müssen . . .«

»Sie übertreffen sich selbst, George. Dieser Aspekt der Angelegenheit war mir noch gar nicht aufgegangen!«

Mit befriedigtem Gesicht verließ George das Zimmer. Hercule Poirot blieb sitzen, schlürfte seine Schokolade und ging in Gedanken nochmals die Ereignisse durch, die er soeben geschildert hatte. Er war überzeugt, daß die Tatsachen seiner Darstellung entsprachen. Unter den aufgezählten Personen befand sich diejenige, die den Mord begangen hatte – gleichgültig, wer hinter dem Anschlag stand.

Plötzlich schossen Poirots Augenbrauen in die Höhe: Ihm war eingefallen, daß seine Liste eine Lücke enthielt. Und niemand durfte ausgelassen werden – auch nicht die unwahrscheinlichste Person.

Noch jemand war zur Zeit des Mordes im Haus gewesen. Er notierte: *Barnes*.

George meldete: »Eine Dame möchte Sie am Telefon sprechen, Monsieur.«

Eine Woche zuvor hatte Poirot die Person einer Besucherin falsch erraten. Diesmal riet er richtig. Er erkannte die Stimme sofort.

»M. Hercule Poirot?«

»Am Apparat.«

»Hier ist Jane Olivera – die Nichte von Mr. Alistair Blunt.«

»Ja, Miss Olivera?«

»Könnten Sie bitte ins Gotische Haus kommen? Ich glaube nämlich, daß Sie etwas erfahren müßten.«

»Gewiß. Um welche Zeit würde es Ihnen passen?«

»Um halb sieben, bitte.«

»Ich werde kommen.«

»Ich – ich hoffe, ich störe Sie nicht in Ihrer Arbeit?«

»Ganz und gar nicht. Ich habe Ihren Anruf erwartet.«

Er legte rasch auf und wandte sich lächelnd vom Telefon ab. Er war neugierig, welche Ausrede Jane Olivera sich wohl ausgedacht haben mochte, um ihn kommen zu lassen.

Bei seiner Ankunft im Gotischen Haus wurde er direkt in die große Bibliothek geführt, durch deren Fenster man auf die Themse hinaussah. Alistair Blunt saß am Schreibtisch und spielte zerstreut mit einem Papiermesser. Er machte das leicht gequälte Gesicht eines Mannes, dem das Weibervolk um sich herum zunehmend auf die Nerven geht.

Jane Olivera stand beim Kamin. Eine rundliche Dame in mittleren Jahren zeterte bei Poirots Eintreten gerade: »– und ich bin wirklich der Meinung, Alistair, daß in dieser Angelegenheit auf meine Gefühle Rücksicht genommen werden muß.«

»Ja, natürlich, Julia – natürlich, natürlich.«

Alistair sprach in beschwichtigendem Ton und stand auf, um Poirot zu begrüßen.

»Und wenn ihr euch Schauergeschichten erzählt, verlasse ich das Zimmer«, fügte die Dame hinzu.

»An deiner Stelle, Mutter, würde ich lieber gleich hinausgehen«, meinte Jane höflich.

Mrs. Olivera rauschte aus dem Zimmer, ohne von Poirot Notiz zu nehmen.

»Sehr freundlich, daß Sie gekommen sind, M. Poirot«, begrüßte Alistair Blunt ihn. »Ich glaube, Sie kennen Miss Olivera bereits?«

Jane sagte rasch: »Es handelt sich um diese verschwundene Frau, von der alle Zeitungen voll sind – Miss Sowieso Seale.«

»Sainsbury Seale? Ja?«

»Es ist ein so pompöser Name – deshalb habe ich mich daran erinnert. Wer soll erzählen – ich oder du, Onkel Alistair?«

»Mein liebes Kind – die Geschichte gehört dir.«

Jane wandte sich wieder an Poirot.

»Vielleicht ist es ganz unwichtig – aber ich habe jedenfalls gemeint, daß Sie es erfahren sollten.«

»Ja?«

»Es war beim letzten Mal, als Onkel Alistair zum Zahnarzt ging – ich meine: nicht neulich, sondern vor etwa drei Monaten. Ich habe ihn in die Queen Charlotte Street begleitet; der Wagen sollte mich dann zu Freunden am Regents Park bringen und hinterher Onkel Alistair wieder abholen. Wir hielten vor Nummer 58, und Onkel stieg aus. In diesem Augenblick kam eine Frau aus dem Haus – eine Frau in mittleren Jahren mit wirrem Haar und geschmacklos angezogen. Sie schoß auf Onkel zu und sagte« – hier ging Jane Oliveras Stimme in ein affektiertes Quietschen über – »›Oh, Mr. Blunt, Sie können sich gewiß nicht mehr an mich erinnern!‹ Ihm war natürlich anzumerken, daß er sich wirklich nicht im geringsten an sie erinnerte.«

Blunt seufzte.

»Das geht mir immer so. Die Leute sagen . . .«

»Er machte ein ganz bestimmtes Gesicht«, fuhr Jane fort, »das ich genau kenne – ein Gesicht, das den Leuten etwas vormachen soll, aber keinen Säugling täuschen könnte – und sagte lahm: ›Oh – äh – doch, gewiß.‹ Darauf sagte das schreckliche Weib: ›Ich war sehr befreundet mit Ihrer Frau, wissen Sie!‹«

»Auch das sagen die Leute immer«, fügte Alistair Blunt in düsterem Ton hinzu. Er lächelte verlegen.

»Es läuft immer auf dasselbe hinaus: ein Beitrag für irgendeinen wohltätigen Zweck. Damals habe ich mich mit fünf Pfund zugunsten einer Zenana-Mission loskaufen können – billig!«

»Hatte sie wirklich Ihre Frau gekannt?«

»Nun, da sie sich für die Zenana-Mission interessierte, hätte das nur in Indien gewesen sein können, wo wir vor etwa zehn Jahren waren. Aber ›sehr befreundet‹ war sie mit meiner Frau sicher nicht, denn davon hätte ich gewußt. Wahrscheinlich hat sie sie einmal bei irgendeinem Empfang getroffen.«

Jane meinte: »Ich glaube nicht, daß sie Tante Rebecca überhaupt gekannt hat. Das war sicher nur ein Vorwand, um dich anzusprechen, Onkel.«

Alistair Blunt murmelte nachsichtig: »Nun, das ist sehr gut möglich.«

»Hat sie noch weitere ›Annäherungsversuche‹ gemacht?« fragte Poirot.

Blunt schüttelte den Kopf.

»Ich habe nie wieder an sie gedacht. Sogar ihr Name war mir entfallen, bis Jane ihn in der Zeitung entdeckt hat.«

Unsicher sagte Jane: »Nun, ich fand, daß M. Poirot von dieser Begegnung erfahren sollte!«

»Ich danke Ihnen, Mademoiselle«, erwiderte Poirot höflich. Zu Blunt gewandt, fügte er hinzu: »Ich möchte Sie nicht unnötig aufhalten, Mr. Blunt. Sie sind ein vielbeschäftigter Mann.«

Jane sagte schnell: »Ich bringe Sie hinunter.«

Poirot lächelte hinter seinem Schnurrbart.

Im Erdgeschoß blieb Jane plötzlich stehen: »Kommen Sie hier rein!« flüsterte sie und führte ihn in ein kleines Zimmer, das neben der Halle lag. Sie drehte sich um und stand ihm gegenüber. »Was meinten Sie, als Sie am Telefon sagten, Sie hätten meinen Anruf erwartet?«

Poirot lächelte: »Genau, was ich gesagt habe, Mademoiselle. Ich habe Ihren Anruf erwartet – und der Anruf ist gekommen.«

»Wollen Sie damit sagen, Sie hätten gewußt, daß ich Sie wegen dieser Sainsbury Seale anrufen würde?«

Poirot schüttelte den Kopf.

»Das war nur ein Vorwand. Sie hätten nötigenfalls auch einen anderen Vorwand gefunden.«

»Aus welchem anderen Grund hätte ich Sie anrufen sollen?« fragte das Mädchen wütend.

»Aus welchem Grund sollten Sie die kleine Information über Miss Sainsbury Seale mir zukommen lassen statt der Polizei? Das wäre doch der normale Weg gewesen.«

»Also gut – was wissen Sie eigentlich?«

»Ich weiß, daß Sie sich für mich interessieren, seit Sie erfahren haben, daß ich neulich im Holborn Palace Hotel war.«

Sie wurde so blaß, daß er erschrak. Er hätte nie gedacht, daß diese tiefgebräunte Haut eine derart grünliche Schattierung annehmen könnte.

Mit ruhiger, fester Stimme fuhr er fort: »Sie haben mich veranlaßt, heute hierherzukommen, weil Sie mich ausholen wollen – das ist das richtige Wort, nicht wahr? – ja, weil Sie mich ausholen wollen– über Mr. Howard Raikes.«

»Wer ist das?« fragte Jane wenig überzeugend.

Poirot sagte: »Sie brauchen mich nicht auszuholen, Mademoiselle. Ich werde Ihnen erzählen, was ich weiß – oder vielmehr, was ich erraten habe. Damals, als ich mit Chefinspektor Japp zum ersten Mal hier ins Haus kam, waren Sie überrascht, uns zu sehen –

erschrocken. Sie dachten, Ihrem Onkel sei etwas zugestoßen. Warum?«

»Nun, er gehört zu den Leuten, denen etwas zustoßen könnte. Einmal hat er eine Bombe in einem Postpaket bekommen, und jetzt erhält er fast täglich Drohbriefe.«

Poirot fuhr fort: »Chefinspektor Japp sagte Ihnen, daß ein gewisser Morley, ein Zahnarzt, erschossen aufgefunden worden sei. Sie erinnern sich vielleicht noch an Ihre Antwort. Sie sagten: ›Aber das ist doch absurd!‹«

»Habe ich das gesagt? Das war absurd von mir, nicht wahr?«

»Es war eine sehr sonderbare Bemerkung, Mademoiselle. Sie verriet, daß Sie von der Existenz des Mr. Morley wußten und daß Sie erwartet hatten, etwas würde passieren – nicht ihm, aber möglicherweise in seinem Hause.«

»Sie denken sich gern zu Ihrem Vergnügen Geschichten aus, wie?«

Poirot ließ sich nicht aus der Ruhe bringen. »Sie hatten erwartet – oder vielmehr gefürchtet –, daß etwas in Mr. Morleys Haus Ihrem Onkel passieren würde. Aber wenn dem so war, dann mußten Sie etwas wissen, was wir nicht wußten. Ich ließ die Menschen, die an jenem Tag Mr. Morleys Haus betreten hatten, vor meinem inneren Auge Revue passieren und kam sofort auf die einzige Person, die mit Ihnen in Verbindung stehen könnte – es war dieser junge Amerikaner, Howard Raikes.«

»Das klingt ja wie ein Schauerroman! Was bringt die nächste spannende Fortsetzung?«

»Ich suchte Mr. Raikes auf. Er ist ein gefährlicher und anziehender junger Mann.«

Poirot schaltete eine ausdrucksvolle Pause ein.

Jane sagte nachdenklich: »Das ist er wirklich, nicht wahr?« Sie lächelte. »Also schön! Sie haben gewonnen! Ich bin fast gestorben vor Angst!«

Sie beugte sich vor.

»Ich werde Ihnen alles erzählen, M. Poirot. Sie kann man nicht an der Nase herumführen. Lieber erzähle ich es Ihnen, als daß Sie herumschnüffeln und alles selbst herausbringen. Ich liebe diesen Howard Raikes. Meine Mutter hat mich nur nach England gebracht, um mich von ihm zu trennen. Teils deshalb, und teils weil sie hofft, Onkel Alistair könnte mich genügend liebgewinnen, um mir sein Vermögen zu vermachen. – Mutter ist eine angeheiratete Nichte. Ihre Mutter war die Schwester von Rebecca Arnholt. Wir sind also nur sehr entfernt verwandt – aber Blutsverwandte hat er nicht, und deshalb bildet Mutter sich ein, wir könnten ihn einmal beerben. Sie sehen, ich bin offen, M. Poirot. Solche Leute sind wir. Wir haben selbst eine Masse Geld – eine geradezu unanständige Masse, sagt Howard –, aber nicht in der Größenordnung von Onkel Alistair.«

Sie hielt inne und schlug mit der Hand wütend auf die Stuhllehne.

»Wie kann ich es Ihnen begreiflich machen? Alles, woran ich auf Grund meiner ganzen Erziehung glaube, verabscheut Howard und will es vernichten. Und wissen Sie – manchmal empfinde ich genauso wie er. Ich habe Onkel Alistair sehr gern, aber er geht mir auf die Nerven. Er ist so schwerfällig – so englisch – so vorsichtig und konservativ. Manchmal habe ich das Gefühl, er und seine Klasse müßten wirklich hinweggefegt werden – sie stehen dem Fortschritt im Wege, nur ohne sie wird man etwas erreichen können!«

»Sie bekennen sich zu den Ideen von Mr. Raikes?«

»Ja – und nein. Howard ist radikaler als die meisten

seiner Genossen. Wissen Sie, es gibt Leute, die bis zu einem gewissen Punkt mit Howard übereinstimmen. Sie wären bereit, etwas Neues zu wagen, wenn Onkel Alistair und seine Leute es zulassen würden. Aber das tun die niemals! Sie sitzen bloß da, wackeln mit den Köpfen und sagen: ›Das dürfen wir nicht riskieren.‹ Und : ›Das wäre keine gesunde Wirtschaft‹. Und: ›Wir müssen verantwortungsbewußt sein.« Jane hatte sich richtig in Rage geredet.

»Warum hat Mr. Raikes den Zahnarzt in der Queen Charlotte Street aufgesucht?« fragte Poirot betont sachlich.

»Weil ich wollte, daß er Onkel Alistair kennenlernt, und nicht wußte, wie ich das anders zustande bringen sollte. Howard ist so erbittert über Onkel Alistair, so erfüllt von – ja, von Haß, und ich glaube, das würde sich ändern, wenn er einmal sehen könnte, was für ein netter, gütiger, bescheidener Mensch Onkel in Wirklichkeit ist. Hier im Haus ließ sich ein Zusammentreffen nicht ermöglichen – Mutter hätte alles verdorben.«

»Und nachdem Sie alles vorbereitet hatten, wurden Sie – ängstlich, nicht wahr?« fragte Poirot sachte.

Ihre Augen weiteten sich und wurden dunkel.

»Ja. Weil – weil Howard – weil Howard sich manchmal hinreißen läßt. Er – er –«

»Er ist für ein abgekürztes Verfahren. Für die Vernichtung«, sagte Poirot.

»Nein, nein, so nicht!« rief Jane Olivera.

4

Die Zeit verging. Seit Mr. Morleys Tod war mehr als ein Monat verstrichen, und noch immer wußte man nichts von Miss Sainsbury Seale. Japp wurde jedesmal grimmiger, wenn er auf die Sache zu sprechen kam.

»Zum Donnerwetter, Poirot – irgendwo muß das Weib doch stecken!«

»Zweifellos, *mon cher*.«

»Entweder ist sie tot oder lebendig. Wenn sie tot ist – wo ist dann die Leiche? Nehmen wir an, sie hat Selbstmord begangen . . .«

»Noch ein Selbstmord?«

»Lassen wir das. Sie behaupten immer noch, Morley sei ermordet worden – ich behaupte, es war Selbstmord.«

»Wo die Pistole herkam, haben Sie nicht feststellen können?«

»Nein, ein ausländisches Fabrikat.«

»Das läßt doch gewisse Schlüsse zu, nicht wahr . . .?«

»Nicht, wie Sie glauben. Morley war oft im Ausland. Er kann die Pistole im Ausland gekauft haben. Eine Menge Leute haben gern eine Waffe bei sich, wenn sie im Ausland sind. Sie haben dann das Gefühl, das Leben sei gefährlich.«

Er brach ab und knurrte: »Bringen Sie mich nicht vom Thema ab. Ich wollte gerade sagen: Wenn – nur wenn, verstehen Sie – die Dame Selbstmord begangen hat, wenn sie zum Beispiel ins Wasser gegangen ist, dann hätte die Leiche längst irgendwo auftauchen müssen. Wenn sie ermordet worden ist, natürlich auch.«

»Nicht, wenn man die Leiche mit einem Gewicht beschwert und in die Themse geworfen hat.«

»Aus einem Keller im Chinesenviertel, was?«

»Ich weiß, ich weiß. Ich werde rot, wenn ich so was sage.«

»Und umgebracht worden ist sie wahrscheinlich von

93

einer internationalen Verbrecherbande?«

Poirot meinte seufzend: »Man hat mir unlängst erzählt, daß es so etwas wirklich gibt.«

»Wer hat Ihnen das erzählt?«

»Mr. Reginald Barnes aus der Castlegardens Road in Ealing.«

»Nun, der könnte vielleicht etwas wissen«, sagte Japp nachdenklich. »Er hat sich im Innenministerium mit der Überwachung der Ausländer befaßt.«

»Aber Sie sind anderer Meinung?«

»Es ist nicht mein Gebiet – gewiß, ja, es gibt solche Sachen –, aber doch sehr selten.«

Es herrschte einen Augenblick Schweigen, dann begann Japp von neuem: »Ein paar ergänzende kleine Informationen haben wir bekommen. Die Seale ist von Indien nach England auf dem gleichen Schiff gereist wie Amberiotis. Aber da sie in der zweiten und er in der ersten Klasse gefahren ist, glaube ich nicht, daß viel dahintersteckt. Allerdings bildet sich einer der Kellner im Savoy ein, sie und Amberiotis ungefähr eine Woche vor dessen Tod zusammen gesehen zu haben.«

»Es könnte also eine Verbindung zwischen den beiden bestanden haben?«

»Möglicherweise – aber für wahrscheinlich halte ich es nicht. Ich kann mir nicht vorstellen, daß eine Missionsdame sich auf dunkle Machenschaften einläßt.«

»Hatte Amberiotis sich auf – wie Sie sich ausdrücken – ›dunkle Machenschaften‹ eingelassen?« fragte Poirot.

»Ja.«

»Das wissen Sie bestimmt?«

»Ja. Natürlich – die Schmutzarbeit hat er nicht selbst gemacht. Wir hätten ihm nichts anhaben können. Organisieren und Berichte anfordern – das war seine Spezialität.«

Japp machte eine Pause und fuhr dann fort: »Aber das

94

bringt uns mit der Sainsbury Seale nicht weiter. Die konnte nicht zu diesen Leuten gehören.«

»Denken Sie daran, daß sie in Indien gelebt hat. Dort hat es letztes Jahr eine Menge Unruhen gegeben.«

»Amberiotis und die tugendhafte Miss Sainsbury Seale – ich bin einfach nicht imstande, mir die beiden als Partner vorzustellen.«

»Wußten Sie, daß Miss Sainsbury Seale mit der verstorbenen Mrs. Alistair Blunt eng befreundet war?«

»Wer behauptet das? Kann ich nicht glauben. Ganz verschiedene soziale Schichten.«

»Sie hat es selbst behauptet.«

»Und wem gegenüber?«

»Alistair Blunt.«

»Ah – so ist das gewesen! Nun, er ist ja wohl gewöhnt, daß ihm solche Sachen erzählt werden. Meinen Sie, Amberiotis habe die Seale irgendwie vorgeschoben? Das hätte zu nichts geführt. Blunt hätte sie mit ein paar Pfund für wohltätige Zwecke abgespeist. Hätte sie niemals zu sich eingeladen oder so etwas Ähnliches. So naiv ist er schließlich auch nicht.«

Das war von so stringenter Logik, daß Poirot ihm nur beipflichten konnte.

»Und dennoch«, fuhr Japp fort, »ist die Seale ein Mensch aus Fleisch und Blut – ich meine: Manchmal stößt man sozusagen auf eine Attrappe, auf jemanden, der sich beispielsweise für Miss Spinks ausgibt, ohne daß diese Miss Spinks in Wirklichkeit existiert. Aber diese Frau ist echt, hat eine Vergangenheit und einen realen Hintergrund. Wir wissen alles über sie, von ihrer Kindheit angefangen. Sie hat ein vollkommen normales, nachvollziehbares Leben geführt – und auf einmal: Hokuspokus verschwindibus!«

»Das muß einen Grund haben«, sagte Poirot.

»Den Morley hat sie nicht erschossen – falls Sie das

95

meinen sollten. Amberiotis hat ihn höchst lebendig gesehen, nachdem sie schon fort war, und wir haben die Wege überprüft, die sie nach dem Verlassen der Queen Charlotte Street gegangen ist.«

Poirot unterbrach ungeduldig: »Ich behaupte keinen Augenblick, daß sie Morley erschossen hat – natürlich hat sie das nicht getan. Aber trotzdem . . .«

Japp sagte: »Wenn Ihre Theorie stimmt, daß Morley ermordet worden ist, dann ist es viel wahrscheinlicher, daß er etwas zu ihr gesagt hat, was – ohne daß sie es wußte – auf die Spur seines Mörders führt. In diesem Fall könnte es sein, daß sie absichtlich aus dem Weg geräumt worden ist.«

Poirot sagte: »All das setzt eine Organisation voraus – irgendeinen Apparat, der in keinem Verhältnis zum Tod eines unauffälligen Zahnarztes in der Queen Charlotte Street steht.«

»Sie müssen nicht alles glauben, was Reginald Barnes Ihnen erzählt! Er ist ein komischer Vogel – sieht überall Spione und Verräter.«

Japp stand auf, und Poirot sagte: »Verständigen Sie mich, wenn Sie etwas Neues hören.«

Als Japp gegangen war, blieb Poirot stirnrunzelnd am Tisch sitzen. Er hatte das sichere Gefühl, auf etwas zu warten. Aber auf was?

Er erinnerte sich, daß er schon früher einmal so dagesessen und einige Vorgänge und Namen aufgeschrieben hatte.

Draußen vor dem Fenster war ein Vogel vorbeigeflogen, einen Zweig im Schnabel.

Auch er hatte Zweige zusammengesucht. Nun lagen sie vor ihm – eine ganze Reihe. Jeder einzelne Zweig hatte seinen Platz in Poirots säuberlich registrierendem Gehirn – aber er hatte noch nicht versucht, Ordnung in die Zweige zu bringen. Das war der nächste

96

Schritt: die Zweige ordnen.

Was hielt ihn davon ab? Er wußte die Antwort: Er wartete auf etwas. Auf etwas Unvermeidliches, Vorbestimmtes – auf das nächste Glied in der Kette. Wenn es eintrat, dann – erst dann – konnte er weitermachen.

Eine Woche danach, spät am Abend, kam der Anruf. Japps Stimme am Telefon klang schroff.

»Sie sind da, Poirot? Wir haben sie gefunden. Es wäre gut, wenn Sie herkämen. King Leopold Mansions, Battersea Park. Appartement Nummer 45.«

Eine Viertelstunde später setzte ein Taxi Poirot vor den King Leopold Mansions ab.

Das war ein großer Block von Etagenwohnungen, die alle auf den Battersea Park hinausgingen. Nummer 45 lag im zweiten Stock. Japp öffnete persönlich die Tür. Sein Gesicht durchzogen grimmige Falten.

»Kommen Sie herein«, sagte er. »Sie ist nicht besonders schön anzuschauen, aber ich nehme an, Sie wollen sie selbst sehen.«

Poirot fragte – aber es war eigentlich keine Frage: »Tot?«

»Man kann es wohl mausetot nennen.«

Poirot neigte den Kopf zur Seite und lauschte auf ein wohlbekanntes Geräusch, das hinter einer Tür zu seiner Rechten hervordrang.

»Das ist der Portier«, sagte Japp. »Übergibt sich gerade. Ich mußte ihn zur Identifizierung heraufholen.«

Er führte Poirot den Korrdor entlang. Poirot rümpfte die Nase.

»Nicht erfreulich«, sagte Japp. »Aber was soll man machen? Die Frau ist seit mehr als einem Monat tot.«

Der Raum, den sie betraten, war eine kleine Rumpel- und Kofferkammer. In der Mitte stand eine große, metallene Truhe, wie man sie zur Aufbewahrung von Pelzen hat. Der Deckel war geöffnet.

Poirot trat vor und schaute in die Truhe. Als erstes sah er den Fuß – mit einem abgetragenen Schuh bekleidet, auf dem eine Schnalle befestigt war. Das erste, was er von Miss Sainsbury Seale erblickt hatte, war – fiel ihm ein – eine Schuhschnalle.

Sein Blick wanderte über den Rock und die Jacke aus grünem Wollstoff bis hinauf zum Kopf. Er gab ein undeutliches Geräusch von sich.

»Ich weiß«, sagte Japp. »Sieht schauderhaft aus.«

Das Gesicht war dermaßen zugerichtet, daß sein ursprüngliches Aussehen nicht mehr zu erkennen war. Berücksichtigte man noch den natürlichen Verwesungsprozeß, so war es kein Wunder, daß die beiden Männer leicht erbsengrün aussahen, als sie sich schließlich abwandten.

»Das«, brummte Japp, »gehört zum Beruf – zu unserem Beruf. Keine Frage: Manchmal ist unsere Arbeit lausig. Nebenan ist noch ein Tropfen Cognac. Sie sollten etwas davon trinken.«

Das Wohnzimmer war modern und elegant eingerichtet: viel Chrom und ein paar mächtige, eckige Polstersessel, bezogen mit blaß rehbraunem, geometrisch gemustertem Stoff.

Poirot fand die Karaffe und goß sich einen Cognac ein. Er trank ihn aus und schüttelte dann den Kopf.

»Das war nicht schön, gar nicht schön! Jetzt erzählen Sie, lieber Freund.«

»Die Wohnung gehört einer Mrs. Albert Chapman. Mrs. Chapman ist, wie ich höre, eine hübsche Blondine in den Vierzigern. Zahlt ihre Rechnungen pünktlich, spielt gern mit den Nachbarn Bridge, lebt aber mehr oder weniger zurückgezogen. Keine Kinder. Mr. Chapman ist Geschäftsreisender. Die Seale ist am Abend unserer Unterhaltung mit ihr hierhergekommen, etwa um Viertel nach sieben – also vermutlich auf direktem Weg vom Glengowrie Court Hotel. Wie der Portier sagt, war sie schon vorher einmal da. Sie sehen: Alles klar und einwandfrei – ein netter, freundschaftlicher Besuch. Der Portier fuhr Miss Sainsbury Seale im Lift hinauf. Er sah noch, wie sie vor der Wohnungstür stand und auf die Klingel drückte.«

Poirot bemerkte: »Da hat er sich aber reichlich Zeit gelassen, bis ihm das eingefallen ist!«

»Er lag anscheinend mit einer Darmerkrankung im Spital, und ein anderer Portier mußte ihn in dieser Zeit vertreten. Erst vor ungefähr einer Woche will er in einer alten Zeitung die Personenbeschreibung der verschwundenen Seale entdeckt und zu seiner Frau gesagt haben: ›Hört sich an wie die Dame, die damals zu Mrs. Chapman im zweiten Stock auf Besuch gekommen ist. Jedenfalls hat die ein grünes Wollkleid angehabt und Schnallenschuhe.‹ Und nach einer weiteren Stunde hat er gesagt: ›Und ihren Namen hat sie mir doch auch gesagt, sie hieß tatsächlich Miss Sowieso Seale.‹«

»Hinterher«, fuhr Japp fort, »hat er vier Tage gebraucht, um seine natürliche Abneigung gegen eine Fühlungnahme mit der Polizei zu überwinden und mit seiner Aussage zu uns zu kommen. Wir haben erst nicht recht geglaubt, daß es zu etwas führen würde. Sie haben keine Ahnung, wie oft wir falschen Alarm bekommen haben. Immerhin habe ich Sergeant Beddas hierhergeschickt – das ist ein aufgeweckter junger Kerl. Hat ein bißchen zuviel von dieser neuen, hochgestochenen Ausbildung genossen, aber da ist nichts zu machen – das ist jetzt modern.

Nun, Beddas hatte gleich das Gefühl, wir seien diesmal auf dem richtigen Dampfer. Erstens ist diese Mrs. Chapman seit über einem Monat von niemandem im

Haus gesehen worden. Sie ist abgereist, ohne eine Adresse zu hinterlassen. Das ist doch sonderbar. Überhaupt ist alles sonderbar, was Beddas über Mr. und Mrs. Chapman erfahren konnte. So entschloß er sich, die Wohnung mal näher anzuschauen. Wir stellten einen Haussuchungsbefehl aus und besorgten uns vom Geschäftsführer einen Schlüssel. Fanden zuerst nichts Interessantes, außer im Badezimmer. Dort war irgendeine eilige Säuberung vorgenommen worden. Auf dem Linoleum war eine Blutspur – in einer Ecke, wo man sie beim Aufwischen übersehen hatte. Danach ging es nur noch darum, die Leiche zu finden. Mrs. Chapman konnte kein Gepäck mitgenommen haben, denn dann hätte der Portier davon gewußt. Deshalb mußte die Leiche noch in der Wohnung sein. Die Pelztruhe hatten wir rasch aufgespürt – luftdicht verschlossen, verstehen Sie –, gerade das richtige Versteck. Die Schlüssel lagen in einer Schublade des Toilettentisches. Die Truhe wurde geöffnet – und da war sie, unsere verschwundene Dame!«

»Und diese Mrs. Chapman?« fragte Poirot.

»Sehr richtig! Wer ist Sylvia – so heißt sie nämlich –, und wo ist Sylvia? Eines steht fest: Sylvia oder ihre Freunde haben die Seale umgebracht und in die Truhe gesteckt.«

Poirot nickte und fragte: »Aber warum hat man ihr das Gesicht so ruiniert? Das war nicht hübsch.«

»Das glaube ich, daß das nicht hübsch war! Und was das ›Warum‹ angeht, kann man wohl nur Vermutungen anstellen. Vielleicht aus bloßer Wut. Oder vielleicht in der Absicht, die Identifizierung der Leiche unmöglich zu machen.«

Poirot runzelte die Stirn.

»Aber es hat sie nicht unmöglich gemacht.«

»Nein, weil wir nicht nur eine sehr genaue Beschreibung der Kleider hatten, die Mabelle Sainsbury Seale bei ihrem Verschwinden trug, sondern weil auch ihre Handtasche mit in die Pelztruhe gestopft worden ist, in der sich ein alter Briefumschlag befand, der an sie adressiert war.«

Poirot setzte sich auf und sagte: »Aber das ist doch widersinnig!«

»Gewiß ist es das. Ich nehme an, es war ein Versehen.«

»Ja – vielleicht ein Versehen. Aber . . .« Er stand auf. »Sie haben die Wohnung durchsucht?«

»Ziemlich gründlich. Wir haben keine aufschlußreichen Hinweise gefunden.«

»Ich möchte Mrs. Chapmans Schlafzimmer sehen.«

»Dann kommen Sie mit.«

Das Schlafzimmer wies keinerlei Anzeichen einer hastigen Flucht auf. Es war ordentlich und gut aufgeräumt. Das Bett war unbenützt, aber für die Nacht hergerichtet. Auf allem lag eine dicke Staubschicht.

»Keine Fingerabdrücke, soweit wir feststellen konnten. In der Küche haben wir ein paar gefunden, aber ich erwarte, daß sie von dem Mädchen stammen werden«, erläuterte Japp.

»Das läßt also darauf schließen, daß die ganze Wohnung nach dem Mord sehr sorgfältig gesäubert worden ist?«

»Ja.«

Poirot ließ den Blick langsam durchs Zimmer schweifen. Es war, wie das Wohnzimmer, modern eingerichtet, und zwar – diesen Eindruck hatte er – von einem Menschen mit mäßigem Einkommen. Die Gegenstände darin waren nicht billig, aber auch nicht übertrieben kostspielig. Sie sahen nach etwas aus, waren aber nicht erstklassig. Die vorherrschende Farbe war Rosarot. Er schaute in den eingebauten Garderobenschrank und befühlte die Kleider – elegante Kleider, aber wiederum nicht von erster Qualität. Sein Blick fiel auf die Schuhe; sie gehörten überwiegend zur Kategorie der Sandalen, die augenblicklich in Mode war, und manche besaßen turmhohe Korksohlen. Er nahm einen Schuh in die Hand, vermerkte die Tatsache, daß Mrs. Chapman Größe fünf trug, und stellte ihn wieder hin. In einem anderen Schrank fand er einen Haufen Pelze, die man offenbar achtlos hineingeworfen hatte.

»Das stammt aus der Pelztruhe«, sagte Japp.

Poirot nickte. Er strich über einen grauen Eichhörnchenmantel und meinte anerkennend: »Erstklassige Felle.« Dann ging er ins Badezimmer. Dort gab es Schönheitsmittel in verschwenderischer Fülle. Poirot betrachtete sie interessiert. Puder, Rouge, Tagescreme, Nachtcreme, Pflegemasken, zwei verschiedene Haarfärbemittel. Japp sagte: »Keine natürliche Blondine, wie Sie sehen.«

Poirot murmelte: »Mit vierzig, *mon ami*, beginnt bei manchen Frauen das Haar zu ergrauen – aber Mrs. Chapman gehört nicht zu denen, die klein beigeben.«

»Wahrscheinlich trägt sie jetzt zur Abwechslung rotes Haar.«

»Wer weiß?«

Japp sagte: »Etwas quält Sie, Poirot. Was ist es?«

»Ja, etwas quält mich, quält mich sehr ernsthaft. Es gibt hier für mich, verstehen Sie, ein unlösbares Problem.« Entschlossen ging er nochmals in die Kofferkammer. Er packte den Schuh am Fuß der toten Frau. Der Schuh leistete Widerstand und ließ sich nur mit Gewalt ausziehen.

Er untersuchte die Schnalle. Sie war mit ungeschickter Hand angenäht worden. Hercule Poirot seufzte.

»Wahrscheinlich träume ich!« murmelte er.

»Was treiben Sie da eigentlich – wollen Sie die Sache noch komplizierter machen?« unterbrach ihn Japp.

»Genau das.«

»Ein Lackschuh«, sagte Japp, »komplett mit Schnalle. Was ist los mit dem Schuh?«

»Nichts – absolut nichts. Und trotzdem – ich verstehe es nicht.«

Hercule Poirot sah sehr nachdenklich aus.

Mrs. Merton aus Appartement 82 der King Leopold Mansions war vom Portier als Mrs. Chapmans beste Bekannte im Hause bezeichnet worden. Zum Appartement 82 lenkten also Japp und Poirot ihre nächsten Schritte.

Mrs. Merton war eine geschwätzige Dame mit lebhaften schwarzen Augen und einer sorgfältig hergerichteten Frisur. Es bedurfte keiner Mühe, sie zum Reden zu bringen. Sie zeigte sich der dramatischen Situation gewachsen.

»Sylvia Chapman – also natürlich kenne ich sie nicht sehr gut – nicht intim, sozusagen. Wir haben gelegentlich zusammen Bridge gespielt und sind miteinander ins Kino gegangen. Aber sagen Sie mir – sie ist doch nicht etwa tot, wie?«

Japp beruhigte Mrs. Merton.

»Nun, ich bin froh, das zu hören. Eben war der Briefträger hier und hat alles mögliche erzählt von einer Leiche, die in einer der Wohnungen gefunden worden sein soll – aber man darf ja nicht die Hälfte von dem glauben, was die Leute so schwatzen, finden Sie nicht auch?«

Japp stellte eine weitere Frage.

»Nein, ich habe nichts von Mrs. Chapman gehört – seit ihrer Abreise. Sie muß ganz plötzlich verreist sein, denn wir hatten damals verabredet, daß wir uns in der folgenden Woche den Film mit Grear Garson anschauen wollten, und da hat sie nichts von Verreisen gesagt.«

103

Von einer Miss Sainsbury Seale hatte Frau Merton nie etwas gehört. Bestimmt hatte Mrs. Chapman diesen Namen niemals erwähnt.

»Und trotzdem, wissen Sie, kommt mir der Name bekannt vor – ganz entschieden. Ich muß ihn in allerletzter Zeit irgendwo gehört haben.«

Trocken entgegnete Japp: »Der Name hat wochenlang in allen Zeitungen gestanden.«

»Natürlich – eine Vermißtenmeldung, nicht wahr? Und Sie meinen, daß Mrs. Chapman sie kannte? Nein, ich bin ganz sicher, daß Sylvia den Namen nie erwähnt hat.«

»Wissen Sie etwas über Mr. Chapman, Mrs. Merton?«

Ein sonderbarer Ausdruck erschien auf Mrs. Mertons Gesicht.

»Er ist, glaube ich, Geschäftsreisender – wenigstens hat mir Mrs. Chapman das erzählt. Vertritt seine Firma im Ausland – eine Rüstungsfirma, glaube ich. Er bereist ganz Europa.«

»Sind Sie jemals mit ihm zusammengekommen?«

»Nein, nie. Er war so selten zu Hause, und wenn er da war, wollte Mrs. Chapman mit ihm allein sein. Sehr begreiflich.«

»Wissen Sie, ob Mrs. Chapman nahe Verwandte oder Freunde besitzt?«

»Ob Freunde, weiß ich nicht. Nahe Verwandte hat sie wohl keine. Jedenfalls hat sie nie von ihnen gesprochen.«

»War sie jemals in Indien?«

»Nicht, daß ich wüßte.«

Mrs. Merton machte eine Pause. Dann stieß sie hervor: »Aber bitte, sagen Sie mir doch: Warum stellen Sie diese ganzen Fragen? Ich verstehe schon, daß Sie von der Kriminalpolizei kommen, aber dann muß doch ein besonderer Grund vorliegen.«

»Nun, Mrs. Merton, in Mrs. Chapmans Wohnung ist tatsächlich eine Leiche gefunden worden.«

»Oh –!« Mrs. Merton sah einen Augenblick aus wie der Hund im Märchen, dessen Augen so groß wie Untertassen waren.

»Eine Leiche! Etwa Mr. Chapman? Oder ein Ausländer?«

»Überhaupt kein Mann – eine Frauenleiche.«

»Eine Frau?« Mrs. Mertons Erstaunen schien noch zu wachsen. Poirot fragte milde: »Warum dachten Sie, es sei ein Mann?«

»Ach, ich weiß nicht. Es kam mir wahrscheinlicher vor . . .«

»Aber warum? Pflegte Mrs. Chapman Männerbesuche zu empfangen?«

»O nein – keineswegs.« Mrs. Merton war ganz empört. »So etwas habe ich nicht gemeint. So eine Frau war Sylvia Chapman nicht im geringsten! Es war nur, weil Mr. Chapman – ich meine . . .« Sie brach ab.

»Ich glaube«, sagte Poirot, »Sie wissen ein bißchen mehr, als Sie uns erzählt haben, Madame.«

Mrs. Merton erklärte zögernd: »Ich weiß wirklich nicht, was ich tun soll. Ich möchte keinen Vertrauensbruch begehen und habe natürlich niemandem verraten, was Sylvia mir erzählt hat – außer zwei Freundinnen, von denen ich bestimmt wußte, daß sie kein Wort weitersagen würden.«

Mrs. Merton holte tief Atem.

»Was hat Ihnen Mrs. Chapman erzählt?« fragte Japp.

Mrs. Merton beugte sich vor und senkte die Stimme.

»Es ist ihr eines Tages gewissermaßen zufällig entschlüpft. Wir sahen einen Film, der vom Geheimdienst handelte, und Mrs. Chapman sagte, es sei deutlich zu merken, daß die Filmleute nicht viel von diesem Metier verstünden. Und dann ist es herausgekommen,

105

nur hat sie mich beschworen, darüber zu schweigen. Mr. Chapman ist nämlich beim Geheimdienst tätig. Das ist der wirkliche Grund, weshalb er dauernd ins Ausland fahren muß. Die Geschäftsreisen sind nur ein Vorwand.«

Als sie die Treppe hinunter zu Nummer 42 zurückgingen, war Japp sichtlich wütend.

Sergeant Beddas, der tüchtige junge Mann, erwartete die beiden und sagte respektvoll: »Aus dem Mädchen habe ich nichts Vernünftiges herausbringen können, Chefinspektor. Mrs. Chapman hat ihre Bedienung anscheinend ziemlich häufig gewechselt. Diese Nelly hat die Stellung erst seit ein oder zwei Monaten gehabt. Sie sagt, Mrs. Chapman sei eine nette Dame gewesen, habe gern Radio gehört und mit ihr nie unfreundlich gesprochen. Manchmal hat sie Briefe aus dem Ausland bekommen, ein paar aus Deutschland, zwei aus Amerika, einen aus Italien und einen aus Rußland. Der Freund des Mädchens sammelt Marken, und Mrs. Chapman gab ihr diese stets, wenn ein Brief gekommen war.«

»Unter Mrs. Chapmans Papieren haben Sie nichts gefunden?«

»Nicht das geringste, Chefinspektor. Es war auch nicht viel an Papieren da. Ein paar Rechnungen und Quittungen – alle von hiesigen Firmen. Einige alte Theaterprogramme, ein paar Kochrezepte, die sie aus der Zeitung ausgeschnitten hatte, und eine Broschüre über die Zenana-Mission.«

»Nun, und wer die ins Haus gebracht hat, ist leicht zu erraten. Das klingt kaum nach einer Mörderin, was? Und doch scheint sie das gewesen zu sein. Zumindest muß sie eine Komplizin sein. Und fremde Männer sind an dem Abend nicht im Haus gesehen worden?«

»Der Portier kann sich an keine erinnern, aber es ist ja auch schon ziemlich lange her, und überhaupt ist das Haus sehr groß – ein dauerndes Kommen und Gehen. An das Datum erinnert er sich nur deshalb, weil er am nächsten Tag ins Spital gebracht worden ist und sich an dem betreffenden Abend schon sehr schlecht gefühlt hat.«

Der Arzt kam aus dem Badezimmer, wo er sich die Hände gewaschen hatte.

»Eine höchst unappetitliche Leiche«, sagte er heiter. »Schicken Sie sie mir rüber, sobald Sie soweit sind. Dann werde ich mich an die Arbeit machen.«

»Todesursache noch nicht festgestellt, Doktor?«

»Bevor ich die Autopsie gemacht habe, kann ich unmöglich etwas Genaues sagen. Die Verletzungen im Gesicht sind ihr bestimmt erst nach dem Tod beigebracht worden, möchte ich behaupten. Aber mit Sicherheit läßt es sich erst sagen, wenn ich sie auf dem Seziertisch habe. Frau in mittleren Jahren, anscheinend soweit gesund, Haare an der Wurzel grau, aber blond gefärbt. Vielleicht hat sie am Körper besondere Merkmale – wenn nicht, wird sie schwer zu identifizieren sein –, ach, Sie wissen, wer es ist? Das ist großartig. Was? Die vermißte Frau, über die soviel in der Zeitung stand? Ich lese die Zeitung immer nur flüchtig. Löse nur die Kreuzworträtsel.«

»Und das ist nun die öffentliche Meinung!« sagte Japp bitter, als der Arzt hinausging.

Poirot stand über den Schreibtisch gebeugt. Er nahm ein braunes Adreßbüchlein zur Hand und schlug es beim Buchstaben Z auf. Da stand: Dr. Zacharias, Prince Albert Road 17; Zaccoletti und Drake, Fischgeschäft. Und darunter stand: Zahnarzt, Mr. Morley, Queen Charlotte Street 58.

In Poirots Augen leuchtete ein grünes Licht. »Es wird«,

sagte er, »nicht schwierig sein, die Leiche einwandfrei zu identifizieren.«

Japp sah ihn erstaunt sein.

»Sie glauben doch nicht etwa . . .«

»Ich will ganz sicher sein!« antwortete Poirot heftig.

Miss Morley war aufs Land gezogen. Sie wohnte jetzt in einem Bauernhäuschen in der Nähe von Hertford. Der Grenadier empfing Poirot freundlich. Seit dem Tod ihres Bruders war ihr Gesicht jedoch noch grimmiger, ihre Haltung noch aufrechter, ihre allgemeine Einstellung zum Leben noch unnachgiebiger geworden. Sie trug schwer an dem Makel, mit dem das Ergebnis der Leichenschau die Berufsehre ihres Bruders befleckt hatte. Auf Poirots Fragen antwortete sie bereitwillig und sachverständig. Mr. Morleys Papiere, soweit sie mit seiner Arbeit zusammenhingen, waren von Miss Nevill geordnet und seinem Nachfolger übergeben worden. Manche Patienten waren zu Mr. Reilly übergewechselt, andere hatten den neuen Partner gewählt. Als sie ihre Auskünfte erteilt hatte, sagte sie: »Sie haben also diese Patientin von Henry gefunden – Miss Sainsbury Seale –, und auch sie ist ermordet worden.«

Das ›auch‹ klang herausfordernd. Sie sagte es mit besonderem Nachdruck.

»Hat Ihr Bruder«, fragte Poirot, »Miss Sainsbury Seale Ihnen gegenüber nie erwähnt?«

»Nein, ich kann mich nicht erinnern. Wir haben gewöhnlich nicht viel über seine Arbeit gesprochen. Er war froh, sie vergessen zu können, wenn der Tag vorbei war. Manchmal war er sehr müde.«

»Können Sie sich erinnern, von einer Patientin namens Chapman gehört zu haben?«

»Chapman? Nein, ich glaube nicht. Bei allen diesen

Dingen könnte Ihnen am ehesten Miss Nevill behilflich sein.«

»Wo ist sie denn jetzt?«

»Ich glaube, sie arbeitet bei einem Zahnarzt in Ramsgate.«

»Sie hat also diesen jungen Mr. Carter noch nicht geheiratet?«

»Nein, und ich hoffe, daß auch in Zukunft nichts daraus wird. Ich mag den jungen Mann nicht, Mr. Poirot, ich mag ihn wirklich nicht. Mit dem stimmt etwas nicht.«

»Würden Sie es für möglich halten, daß er Ihren Bruder erschossen hat?« erkundigte sich Poirot.

Miss Morley sagte langsam: »Ich habe das Gefühl, daß er vielleicht dazu fähig gewesen wäre – denn er ist sehr unbeherrscht. Aber ich sehe nicht ein, welchen Grund – übrigens auch welche Gelegenheit – er dafür gehabt haben könnte. Schließlich ist es Henry nicht gelungen, Gladys von ihm abzubringen. Sie hat weiter treu zu ihm gehalten.«

»Glauben Sie, daß man ihn bestochen haben könnte?«

»Bestochen? Meinen Bruder umzubringen? Das halte ich für einen phantastischen Gedanken!«

In diesem Augenblick brachte ein nettes, dunkelhaariges Mädchen den Tee. Als es die Tür hinter sich schloß, erkundigte sich Poirot: »Dieses Mädchen war schon in London bei Ihnen, nicht wahr?«

»Agnes? Ja, sie war unser Stubenmädchen. Ich habe die Köchin entlassen, und Agnes macht jetzt alles. Sie hat sich zu einer sehr netten kleinen Köchin entwickelt.«

Poirot nickte. Er erinnerte sich der häuslichen Verhältnisse in der Queen Charlotte Street 58 noch sehr genau. Sie waren zur Zeit der Tragödie gründlich untersucht worden. Mr. Morley und seine Schwester

109

hatten ihre Wohnräume in den beiden oberen Stockwerken des Hauses. Das Souterrain war gänzlich abgeschlossen, mit Ausnahme eines schmalen Ganges, der zum Hinterhof führte; dort waren ein Sprachrohr und ein Aufzug zum obersten Stock angebracht, der die Lebensmittel und anderen Waren für den Haushalt hinaufbeförderte. Den einzigen Zugang zum Haus bildete daher die vordere Eingangstür, die von Alfred bedient wurde. Dies hatte der Polizei einen sicheren Anhaltspunkt dafür geboten, daß an dem betreffenden Vormittag kein Außenseiter das Haus hatte betreten können.

Köchin und Stubenmädchen waren schon jahrelang bei den Morleys und hatten einen guten Leumund. Obwohl es also theoretisch möglich gewesen wäre, daß sich eine von den beiden in den zweiten Stock hinuntergeschlichen und dort den Hausherrn erschossen hatte, war doch diese Annahme niemals ernstlich in Erwägung gezogen worden. Beim Verhör hatten beide keinen übermäßig ängstlichen oder aufgeregten Eindruck gemacht, und es bestand im ganzen keinerlei Anlaß, sie mit dem Tod Morleys in Verbindung zu bringen.

Aber als Poirot beim Fortgehen von Agnes Hut und Stock überreicht bekam, wandte sie sich mit auffallender Nervosität an ihn mit der Frage: »Ist – ist etwas Neues herausgekommen über den Tod von Mr. Morley?«

Poirot sah sie aufmerksam an: »Nichts Neues ist bekannt geworden«, antwortete er.

»Glaubt man immer noch, daß er sich umgebracht hat, weil ihm ein Versehen mit dem Mittel passiert ist?«

»Ja. Warum fragen Sie?«

Agnes strich sich verlegen über die Schürze. Sie wandte das Gesicht zur Seite und stotterte undeutlich:

110

»Miss Morley glaubt nicht daran.«

»Und Sie?«

»Ich? Ach, ich weiß ja nichts. Ich wollte nur – ganz sicher sein.«

Hercule Poirot sagte mit seiner sanftesten Stimme: »Es wäre für Sie eine Erleichterung, wenn Sie ohne jeden Zweifel wüßten, daß es Selbstmord war?«

»O ja«, antwortete Agnes rasch, »das wäre wirklich eine Erleichterung.«

»Aus irgendeinem bestimmten Grund?«

Ihr erschrockener Blick begegnete dem seinen. Sie zuckte zurück.

»Ich – ich weiß keinen bestimmten Grund. Ich wollte nur fragen.«

»Ja, aber warum hat sie gefragt?« murmelte Poirot vor sich hin, als er den Weg zum Gartentor hinunterschritt. Er war überzeugt, daß es eine Antwort auf diese Frage gab. Aber einstweilen konnte er die Antwort nicht erraten.

Trotzdem hatte er das Gefühl, einen Schritt weitergekommen zu sein.

Beim Heimkommen fand Poirot zu seiner Überraschung einen unerwarteten Besucher vor.

Ein kahler Kopf war über dem Rücken eines Lehnstuhls sichtbar, und es erhob sich die kleine, adrette Gestalt von Mr. Barnes.

Er blinzelte, wie üblich, und entschuldigte sich trocken für sein unangemeldetes Erscheinen. Er war gekommen – so erklärte er – um M. Hercule Poirots Besuch zu erwidern.

Poirot seinerseits erklärte, er sei entzückt, Mr. Barnes zu sehen. George wurde beauftragt, Kaffee zu bringen – es sei denn, der Besuch ziehe Tee oder Whisky-Soda vor?

111

»Kaffee wäre ausgezeichnet«, sagte Mr. Barnes. »Ich nehme an, daß Ihr Diener ihn gut macht, was das englische Personal meist nicht fertigbringt.«

Nach dem Austausch einiger höflicher Bemerkungen räusperte sich Mr. Barnes schließlich und sagte:

»Ich will ganz offen mit Ihnen sein, M. Poirot. Es ist die reine Neugierde, die mich zu Ihnen geführt hat. Sie, dachte ich, würden über alle Einzelheiten dieses seltsamen Falles am besten informiert sein. Ich ersehe aus der Zeitung, daß man die verschwundene Mabelle Sainsbury Seale gefunden hat und daß eine Leichenschau abgehalten und bis zur Beibringung neuer Beweismittel vertagt wurde. Als Todesursache wurde eine Überdosis Medinal angegeben.«

»Genau so verhält es sich«, bestätigte Poirot, und nach einer Pause fragte er: »Haben Sie jemals etwas von Albert Chapman gehört, Mr. Barnes?«

»Ah, der Gatte der Dame, in deren Wohnung Miss Seale umgekommen ist? Wie es scheint, eine schwer zu fassende Persönlichkeit.«

»Aber doch wohl kaum eine Persönlichkeit, die es nicht gibt?«

»Oh, keineswegs«, sagte Mr. Barnes. »Es gibt ihn. O ja, es gibt ihn – oder hat ihn gegeben. Ich hörte, er sei tot. Aber auf solche Gerüchte kann man sich nie verlassen.«

»Wer war Chapman, Mr. Barnes?«

»Ich glaube nicht, daß da Näheres herauskommt – wenn es sich irgendwie vermeiden läßt. Man wird an der Lesart vom ›Vertreter einer Rüstungsfirma‹ festhalten.«

»Er war also tatsächlich beim Geheimdienst?«

»Natürlich war er das. Aber er hatte nicht das Recht, es seiner Frau zu verraten – keinesfalls. Er hätte sogar den Dienst quittieren müssen, als er heiratete. Als verheirateter Mann bleibt man gewöhnlich nicht aktiv – das heißt, wenn man zum Kreis der Geheimagenten gehört.«

»Und Chapman hat zu diesen gehört?«

»Ja. QX 912: Das war seine Chiffre. Namen werden dort nie gebraucht. Ich will nicht behaupten, QX 912 sei ein besonders wichtiger Mann gewesen. Aber er war gut verwendbar, weil er so unauffällig aussah. Für Botenreisen kreuz und quer durch Europa hat man ihn viel eingesetzt.«

»Dann war er also im Besitz wertvoller Informationen?«

»Ach, vermutlich hat er überhaupt nichts gewußt«, meinte Mr. Barnes fröhlich. »Seine Aufgabe bestand einzig darin, in Eisenbahnzügen, Schiffen und Flugzeugen hin- und herzurasen und eine passende Begründung für seine jeweilige Reise bereit zu haben.«

»Und Sie haben gehört, er sei tot?«

»Das habe ich gehört«, erwiderte Mr. Barnes. »Aber man darf nicht alles glauben, was man hört. Ich tue das nie.«

Poirot schaute Mr. Barnes forschend an: »Was ist, glauben Sie, aus seiner Frau geworden?«

»Ich habe keine Ahnung«, erklärte Barnes. »Sie vielleicht?«

»Ich hatte eine Ahnung«, sagte Poirot zögernd, »aber es ist alles sehr verworren.«

Mr. Barnes murmelte mitfühlend: »Macht Ihnen irgendein bestimmter Punkt Schwierigkeiten?«

Hercule Poirot antwortete langsam: »Ja. Etwas, das ich mit eigenen Augen gesehen habe . . .«

Japp betrat Poirots Wohnzimmer und knallte seinen steifen Hut mit solcher Wucht auf den Tisch, daß alles wackelte. »Was zum Teufel«, fragte er, »hat Sie auf den Gedanken gebracht?«

»Mein lieber Japp, ich weiß überhaupt nicht, wovon Sie sprechen.«

Langsam und nachdrücklich sagte Japp: »Was hat Sie auf den Gedanken gebracht, die Leiche sei nicht die von Miss Sainsbury Seale?«

»Es war das Gesicht, das man so zugerichtet hat. Warum sollte es notwendig gewesen sein, einer toten Frau das anzutun?« sagte Poirot leise.

»Ich hoffe nur, der alte Morley ist an einem Ort, wo er davon erfährt. Wissen Sie, es ist sehr gut möglich, daß er mit Vorbedacht aus dem Weg geräumt worden ist – damit er keine Aussage machen konnte!« erklärte Japp unmutig.

»Es wäre natürlich weit besser, wenn er selbst als Zeuge hätte auftreten können.«

»Leatheran genügt auch, Morleys Nachfolger. Er ist ein tüchtiger, fähiger Mann, der einen guten Eindruck macht, und das Beweismaterial ist nicht anzuzweifeln.«

Die Abendblätter des folgenden Tages enthielten eine sensationelle Nachricht: Die in einer Wohnung am Battersea Park aufgefundene Frauenleiche, von der angenommen worden war, es sei die von Miss Sainsbury Seale, war einwandfrei als die von Mrs. Albert Chapman identifiziert worden. Zahnarzt Leatheran, Queen Charlotte Street 58, hatte sie auf Grund des Gebisses, dessen genaue Einzelheiten in der Kartei seines verstorbenen Vorgängers Morley verzeichnet waren, mit Bestimmtheit als Mrs. Albert Chapman erkannt.

Die Leiche war mit den Sachen von Miss Sainsbury Seale bekleidet gewesen, und Miss Sainsbury Seales Handtasche hatte daneben gelegen. Wo aber befand sich Miss Sainsbury Seale?

5

Als sie die Totenschau verließen, sagte Japp triumphierend zu Poirot: »Saubere Arbeit, das! Hat die Leute vollkommen verblüfft!«
Poirot nickte.
»Sie, Poirot, sind als erster draufgekommen«, lobte Japp. »Aber wissen Sie, ich habe auch meine Zweifel gehabt wegen der Leiche. Schließlich schlägt man einem toten Menschen nicht ohne triftigen Grund das Gesicht kaputt. Und der einzige triftige Grund konnte sein, daß man die Identität verschleiern wollte.« Er fügte großmütig hinzu: »Aber ich wäre nicht so schnell daraufgekommen, daß es gerade die andere Frau war.«
Poirot lächelte.
»Und doch, lieber Freund, waren die beiden Frauen einander äußerlich gar nicht so unähnlich. Mrs. Chapman war eine fesche, gutaussehende Person, stark geschminkt und elegant angezogen. Miss Sainsbury Seale war nachlässig gekleidet und hat Lippenstift und Rouge nur vom Hörensagen gekannt. Aber in den wesentlichen Punkten bestand Übereinstimmung zwischen den beiden Frauen. Beide waren in den Vierzigern, beide hatten ungefähr die gleiche Größe und Figur. Beide besaßen angegrautes Haar, das sie blond färbten.«
»Ja, natürlich, da haben Sie recht. Eines müssen wir zugeben – nämlich, daß die schöne Mabelle uns beide mordsmäßig reingelegt hat. Ich hätte schwören mögen, daß sie das war, wofür sie sich ausgab.«
»Aber lieber Freund, sie war wirklich das, wofür sie sich ausgegeben hat. Wir kennen doch ihre ganze Vergangenheit.«
»Wir haben nicht gewußt, daß sie imstande war, einen Mord zu begehen – und es sieht doch ganz danach aus.

115

Nicht Sylvia hat Mabelle umgebracht, sondern Mabelle Sylvia.«

Hercule Poirot wiegte kummervoll den Kopf. Er konnte sich noch immer nicht mit der Vorstellung abfinden, daß Mabelle Sainsbury Seale eine Mörderin sein sollte. Und doch klang ihm Mr. Barnes' leise, ironische Stimme im Ohr: ›Sorgen Sie dafür, daß auf die achtbaren Leute aufgepaßt wird . . .‹

Mabelle Sainsbury Seale war äußerst achtbar gewesen.

Mit Nachdruck schloß Japp: »Ich werde diesen Fall bis zum bitteren Ende verfolgen, Poirot. Dieses Frauenzimmer wird mich nicht mehr reinlegen.«

Am nächsten Tag rief Japp an. Seine Stimme klang sonderbar: »Poirot, wollen Sie das Neueste hören? Es ist aus, mein Lieber. Aus!«

»Pardon? Die Verbindung scheint nicht gut zu sein. Ich habe nicht ganz verstanden.«

»Es ist aus, alter Freund. A-U-S. Wir können einpakken! Uns hinsetzen und die Daumen drehen!«

Seine Stimme klang jetzt unverkennbar erbittert.

»Was ist aus?«

»Unser ganzer lausiger, verdammter Fall! Die Suche nach der vermißten Person! Das ganze Drum und Dran!«

»Aber ich verstehe immer noch nicht . . .«

»Also hören Sie zu, und zwar genau, denn ich kann keine Namen nennen. Sie wissen, daß wir überall nach – nach dieser Miss . . . suchen, und jetzt ist die ganze Aktion abgeblasen. Die Jagdhunde werden zurückgepfiffen – verstehen Sie jetzt?«

»Ja, ja. Aber warum?«

»Befehl vom lieben guten Auswärtigen Amt.«

»Das ist aber doch sehr ungewöhnlich?«

»Nun, dann und wann kommt so was schon vor.«

»Warum ist man so rücksichtsvoll gegen – gegen – den Pelzmantel?«

»Um die dreht es sich nicht. Die ist ihnen ganz egal. Aber man will es nicht zu einem Prozeß kommen lassen, weil man Angst hat, daß dann zu viel über Mrs. A. C. bekannt wird – über die Leiche! Ich kann nur annehmen, daß der Ehemann – A. C., verstehen Sie . . .?«

»Ja, ja, gewiß.«

»Daß der Ehemann irgendwo im Ausland zur Zeit an einer kitzligen Sache arbeitet und nicht gestört werden soll.«

»Tsch!«

»Was sagen Sie?«

»Es war, *mon ami*, ein Ausruf des Verdrusses.«

»Aha – ich dachte, Sie hätten sich einen Schnupfen geholt! Verdruß ist gut! Ich möchte lieber ein stärkeres Wort gebrauchen. Daß man die Dame einfach laufenläßt, reizt mich bis zur Weißglut.«

Poirot sagte leise: »Man wird sie nicht laufenlassen.«

»Ich sage Ihnen doch, daß uns die Hände gebunden sind . . .!«

»Ihnen vielleicht – mir nicht.«

»Braver alter Poirot! Sie wollen die Sache weiterverfolgen?«

»*Mais oui* – bis zum Tod!«

»Nun – sorgen Sie nur dafür, daß es nicht Ihr eigener ist, alter Freund! Wenn die Geschichte so weitergeht, wie sie angefangen hat, dann wird Ihnen wahrscheinlich demnächst jemand ein Paket mit einer Giftschlange schicken!«

Als Poirot den Hörer auflegte, fragte er sich: »Warum habe ich nur diese dramatische Phrase gebraucht – ›bis zum Tod‹? *Vraiment* – absurd!«

Der Brief kam mit der Abendpost. Er war mit der Maschine geschrieben, bis auf die Unterschrift:

> Lieber M. Poirot!
> Ich wäre Ihnen sehr verbunden, wenn Sie mich morgen aufsuchen könnten. Ich habe vielleicht einen Auftrag für Sie. Ich schlage vor, daß Sie um halb eins in meine Wohnung am Chelsea Embankment kommen. Sollte Ihnen diese Zeit nicht passen, bitte ich Sie, telefonisch einen anderen Termin mit meinem Sekretär zu vereinbaren. Verzeihen Sie, daß ich Sie so kurzfristig bemühen muß.
>
> Ihr ergebener Alistair Blunt

Poirot strich den Bogen glatt und las den Brief zum zweiten Mal. In diesem Augenblick läutete das Telefon.

Eine unpersönliche Stimme fragte: »Welche Nummer haben Sie?«

»Hier ist Whitehall 7272.«

Eine Pause. Ein Knacken. Dann eine Stimme. Eine weibliche Stimme.

»M. Poirot?«

»Ja.«

»M. Poirot, Sie haben einen Brief erhalten – oder werden ihn sehr bald erhalten.«

»Wer ist dort?«

»Es ist unnötig, daß Sie das wissen.«

»Gut. Ich habe, Madame, mit der Abendpost acht Briefe und drei Rechnungen erhalten.«

»Dann wissen Sie, welchen Brief ich meine. Wenn Sie klug sind, M. Poirot, werden Sie den Auftrag ablehnen, den man Ihnen erteilen will.«

»Das, Madame, ist eine Frage, die ich selbst zu entscheiden habe.«

Die Stimme sagte kühl: »Ich warne Sie, M. Poirot. Ihre Einmischung wird nicht länger geduldet. Halten Sie sich aus der Sache raus.«

»Und wenn ich mich nicht raushalte?«

»Dann werden wir Maßnahmen ergreifen, um zu erreichen, daß Ihre Einmischung nicht mehr zu befürchten ist . . .«

»Das ist eine Drohung, Madame!«

»Wir verlangen nichts anderes, als daß Sie Vernunft annehmen. Es ist zu Ihrem eigenen Besten.«

»Sie sind wirklich großmütig!«

»Sie können den vorgezeichneten Gang der Ereignisse nicht ändern. Kümmern Sie sich also nicht um Dinge, die Sie nichts angehen. Verstehen Sie mich?«

»Gewiß verstehe ich Sie. Ich bin nur der Meinung, daß Mr. Morleys Tod mich angeht.«

»Morley war nur eine Nebenfigur. Er hat unsere Pläne gestört.«

»Er war immerhin ein Mensch, Madame – und ist vor seiner Zeit gestorben.«

»Er war bedeutungslos.«

Poirots Stimme klang gefährlich, als er ruhig sagte: »In diesem Punkt irren Sie sich . . .«

»Es war seine eigene Schuld. Er weigerte sich, Vernunft anzunehmen.«

»Ich weigere mich ebenfalls, Vernunft anzunehmen.«

»Dann sind Sie ein Narr.«

Es knackte im Apparat; am anderen Ende war der Hörer aufgelegt worden.

Poirot rief »Allo?« und legte dann seinerseits auf. Er machte sich nicht die Mühe, durch die Zentrale ermitteln zu lassen, woher der Anruf gekommen war. Er war ziemlich sicher, daß er von einem öffentlichen Fernsprecher aus geführt worden war.

Was ihn beschäftigte und verwirrte, war, daß er sich

einbildete, die Stimme schon irgendwo gehört zu haben. Er zermarterte sich das Gehirn in dem vergeblichen Versuch, sich ihrer Besitzerin zu erinnern. Konnte es die Stimme von Sainsbury Seale sein?

Mabelle Sainsbury Seale hatte eine hohe, affektierte Stimme mit übertrieben deutlicher Aussprache gehabt. Die Stimme am Telefon hatte ganz anders geklungen – und doch war es vielleicht Miss Sainsbury Seale gewesen, nur verstellt. Sie war ja einmal Schauspielerin gewesen. Vermutlich machte es ihr keine großen Schwierigkeiten, die Stimme zu verstellen.

Aber diese Erklärung befriedigte ihn nicht. Nein, die Stimme erinnerte ihn an eine andere Frau. Es war keine Stimme, die er gut kannte, aber er war immer noch überzeugt, sie schon einmal – oder vielleicht zweimal – gehört zu haben.

Warum – so überlegte er – hatte sie sich die Mühe gemacht, ihn anzurufen und ihm zu drohen? Glaubten diese Leute wirklich, daß er sich einschüchtern lassen würde? Schlechte Psychologen!

Im Gotischen Haus wurde Poirot vom Sekretär Alistair Blunts empfangen, einem hochgewachsenen, etwas schlaffen jungen Mann mit vollendeten Umgangsformen.

Er entschuldigte sich liebenswürdig.

»Es tut mir außerordentlich leid, M. Poirot – und Mr. Blunt gleichfalls. Er ist ins Außenministerium gerufen worden. Ich habe bei Ihnen zu Hause angerufen, aber leider waren Sie schon fort.«

Der junge Mann sprach rasch weiter: »Mr. Blunt hat mich beauftragt, Sie zu bitten, das Wochenende mit ihm in seinem Landhaus in Kent zu verbringen. Sie wissen: Exsham. Falls es Ihnen paßt, würde er Sie morgen abend mit dem Wagen abholen.«

120

Poirot zögerte.

Der junge Mann sagte in überredendem Ton: »Es liegt Mr. Blunt wirklich sehr viel daran, mit Ihnen zu sprechen.«

Hercule Poirot neigte den Kopf.

»Danke. Ich nehme die Einladung an.«

»Ah, das ist famos. Mr. Blunt wird entzückt sein. Wenn er Sie morgen um etwa Viertel vor sechs abholen würde, wäre das – oh, guten Morgen, Mrs. Olivera.«

Jane Oliveras Mutter war eingetreten. Sie war sehr elegant angezogen; auf ihrer kunstvoll gebauten Frisur balancierte schräg ein Hut, der das eine Auge fast verdeckte.

»Mr. Selby, hat Ihnen Mr. Blunt wegen der Gartenstühle Bescheid gesagt? Ich wollte gestern abend mit ihm darüber sprechen, weil ich wußte, daß wir übers Wochenende hinausfahren, und . . .«

Mrs. Olivera bemerkte Poirots Anwesenheit und verstummte.

»Darf ich Sie Mrs. Olivera vorstellen, M. Poirot?«

»Ich hatte schon das Vergnügen, Madame kennenzulernen.«

Poirot machte eine Verbeugung.

Mrs. Olivera sagte zerstreut: »Oh – guten Tag. Mr. Selby, ich weiß natürlich, daß Alistair ein vielbeschäftigter Mann ist, und daß diese kleinen häuslichen Dinge ihm vielleicht unwichtig vorkommen.«

»Es ist alles in Ordnung, Mrs. Olivera«, entgegnete Selby. »Ich habe bei der Firma Deevers wegen der Stühle angerufen.«

»So – da fällt mir aber ein Stein vom Herzen. Nun etwas anderes, Mr. Selby: Können Sie mir sagen . . .« Mrs. Olivera gackerte weiter. Sie kam Poirot vor wie eine Henne. Eine große, fette Henne. Immer noch gackernd, bewegte sie sich majestätisch auf die Tür zu.

121

». . . und wenn Sie bestimmt wissen, daß wir dieses Wochenende ganz unter uns sind . . .«

Mr. Selby hustete.

»Äh – M. Poirot kommt ebenfalls zum Wochenende hinaus.«

Mrs. Olivera brach ab. Sie drehte sich um und betrachtete Poirot mit sichtlichem Mißfallen.

»So? Wirklich?«

»Mr. Blunt war so liebenswürdig, mich einzuladen«, erklärte Poirot höflich.

»Also, das wundert mich – das ist doch sehr sonderbar von Alistair. Sie werden verzeihen, M. Poirot, aber Mr. Blunt hat mir ausdrücklich gesagt, daß er diesmal das Wochenende nur im Familienkreis zu verbringen wünschte.«

Selby sagte mit fester Stimme: »Mr. Blunt liegt besonders viel daran, daß M. Poirot mit nach Exsham kommt.«

»Tatsächlich? Mir gegenüber hat er nichts davon erwähnt.«

Die Tür ging auf. Jane erschien und sagte ungeduldig: »Mutter, kommst du nicht? Wir sind auf Viertel nach eins zum Mittagessen verabredet.«

»Ich komme schon, Jane. Sei nicht so ungeduldig.«

»Mach schnell, um Himmels willen – hallo, M. Poirot!«

Sie war plötzlich ganz still. Ihr Gesicht erstarrte, und ihre Augen verrieten, daß sie auf der Hut war.

Mrs. Olivera sagte mit eisiger Stimme: »M. Poirot kommt zum Wochenende nach Exsham hinaus.«

»Aha.«

Jane Olivera trat zurück und ließ ihre Mutter durch die Tür gehen. Sie schien ihr folgen zu wollen, drehte sich dann aber rasch herum.

»M. Poirot!«

Es klang wie ein Befehl.

Poirot ging quer durchs Zimmer zu ihr hin.

Sie sagte leise: »Sie kommen mit nach Exsham? Warum?«

Poirot zuckte die Achseln.

»Es war ein liebenswürdiger Einfall Ihres Onkels.«

Jane sagte: »Aber er kann doch nicht wissen . . . er kann nicht . . . – Wann hat er Sie denn eingeladen? Ach, es ist doch nicht notwendig . . .«

»Jane!« Mrs. Olivera rief aus der Halle.

Jane sagte in leisem, beschwörendem Ton: »Bleiben Sie weg. Bitte, kommen Sie nicht.«

Sie ging hinaus. Poirot hörte, wie sich draußen eine Auseinandersetzung abspielte.

»Ich kann deine Frechheit wirklich nicht länger dulden, Jane . . . ich werde Maßnahmen ergreifen, damit du dich nicht mehr einmischst . . .«

Der Sekretär sagte: »Dann also morgen abend, kurz vor sechs, M. Poirot?«

Poirot nickte mechanisch. Er stand da wie jemand, der ein Gespenst gesehen hat. Aber es waren die Ohren, nicht die Augen, durch die er den Schlag empfangen hatte. Zwei von den Sätzen, die durch die offene Tür zu ihm gedrungen waren, stimmten fast wörtlich mit dem überein, was er am Abend zuvor am Telefon gehört hatte – und er wußte jetzt, wieso ihm die Stimme bekannt vorgekommen war.

Als er in den Sonnenschein hinaustrat, schüttelte er fassungslos den Kopf. Mrs. Olivera? Aber das war doch unmöglich! Es konnte nicht Mrs. Olivera gewesen sein, die am Telefon zu ihm gesprochen hatte!

Diese hohlköpfige Gesellschaftshyäne – egoistisch, dumm, habgierig? Wie hatte er sie eben im stillen genannt? »Diese große, fette Henne? *C'est ridicule!*« murmelte er.

123

Seine Ohren, entschied er, mußten ihn getäuscht haben. Und trotzdem ...

Der Rolls-Royce holte Poirot pünktlich vor sechs ab. Alistair Blunt und sein Sekretär waren die einzigen Insassen. Mrs. Olivera und Jane waren mit dem anderen Wagen schon früher hinausgefahren.

Die Fahrt verlief ereignislos. Blunt erzählte ein bißchen von seinem Garten und von einer kürzlich veranstalteten Blumenausstellung. Und dann bat er Poirot, ihm von seinen interessantesten Kriminalfällen zu erzählen. Für den Rest der Fahrt drehte sich die Unterhaltung um die bedeutendsten Fälle in der Karriere Hercule Poirots. Blunt verschlang gierig wie irgendein Schuljunge jede Einzelheit, die er darüber erfahren konnte.

Die behagliche Stimmung schwand, sobald sie in Exsham waren. Mrs. Olivera strahlte eisige Mißbilligung aus. Sie übersah Poirot so weit wie möglich und richtete das Wort ausschließlich an den Gastgeber und den Sekretär.

Mr. Selby führte Poirot in das für ihn bestimmte Zimmer. Das Haus war reizend, nicht sehr groß, und mit demselben unauffälligen guten Geschmack eingerichtet, den Poirot schon in London bewundert hatte. Alles war kostbar, aber einfach. Die Bedienung war musterhaft, die Küche englisch, und die Weine, die bei Tisch getrunken wurden, bewogen Poirot zu geradezu leidenschaftlicher Anerkennung. Es gab eine ausgezeichnete klare Suppe, gebratene Seezunge, Hammelrücken mit jungen Erbsen und Erdbeeren mit Schlagrahm.

Poirot genoß diese kreatürlichen Freuden mit solcher Hingabe, daß er sich um die unverändert eisige Haltung von Mrs. Olivera und die ungehörige Schroffheit ihrer Tochter kaum kümmerte. Jane begegnete ihm aus

irgendeinem Grunde mit entschiedener Feindselig-
keit. Warum wohl? fragte sich Poirot verwirrt, als das
Abendessen seinem Ende zuging.

Blunt ließ den Blick mit sanftem Erstaunen über den
Tisch schweifen und fragte: »Speist Helen heute abend
nicht mit uns?«

Julia Olivera preßte die Lippen zu einem geraden
Strich zusammen und sagte: »Die gute Helen hat sich,
glaube ich, im Garten überanstrengt. Ich fand, es
würde ihr weit besser tun, sich ins Bett zu legen und
auszuruhen, als sich umzuziehen und zum Essen her-
überzukommen. Sie hat es vollkommen eingesehen.«

»Aha, ich verstehe.« Blunt machte ein unbestimmtes,
etwas überraschtes Gesicht. »Ich dachte, sie würde
zum Wochenende gern etwas Abwechslung haben.«

»Helen ist ein so einfacher Mensch. Sie geht gern früh
zu Bett.«

Als Poirot sich in den Salon zu den Damen begab, während Blunt zurückblieb, um ein paar Minuten mit seinem Sekretär zu sprechen, hörte er, wie Jane Olivera
zu ihrer Mutter sagte: »Die Art, wie du Helen Montressor abgeschoben hast, war Onkel Alistair gar nicht
recht, Mutter.«

»Unsinn«, antwortete Mrs. Olivera unbekümmert.
»Alistair ist nur zu gutmütig. Arme Verwandte sind ja
schön und gut – es ist sehr großzügig von ihm, daß er
ihr das Bauernhäuschen ohne Miete überläßt, aber zu
glauben, daß er sie nun jedes Wochenende zum
Abendessen einladen muß, ist albern! Sie ist doch nur
eine Cousine zweiten Grades oder so etwas. Ich bin
der Meinung, daß Alistair nicht ausgenützt werden
sollte!«

»In ihrer Art ist sie stolz«, sagte Jane. »Sie arbeitet viel
im Garten.«

»Das zeigt, daß sie die richtige Auffassung von ihrer

Stellung hat«, erklärte Mrs. Olivera zufrieden. »Die Schotten sind sehr selbständig und werden deshalb auch geachtet.« Sie machte es sich auf dem Sofa bequem und fuhr fort, ohne von Poirot Notiz zu nehmen: »Bring mir doch einmal die *Low Down Review*, Liebes. Es steht etwas drin über Lois von Schuyler und ihren marokkanischen Führer – das möchte ich lesen.«

Alistair Blunt erschien in der Tür: »Wenn Sie jetzt bitte in mein Zimmer kommen würden, M. Poirot!« sagte er.

Es war ein gemütliches Zimmer mit tiefen Sesseln und Diwans; angenehme Unordnung herrschte, die es um so wohnlicher erscheinen ließ. Selbstverständlich hätte Hercule Poirot eine größere Symmetrie vorgezogen.

Blunt bot seinem Gast eine Zigarette an, entzündete seine Pfeife und kam ohne Umschweife zum Thema.

»Da sind noch verschiedene Dinge, über die ich mir den Kopf zerbreche. Ich meine natürlich den Fall Sainsbury Seale. Aus Gründen, die ich nicht kenne, die aber zweifellos gerechtfertigt sind, haben die Behörden die Jagd abgeblasen. Ich weiß nicht genau, wer Albert Chapman ist und was er treibt – aber jedenfalls scheint seine Tätigkeit ziemlich wichtig zu sein und zu den Dingen zu gehören, die den Betreffenden leicht in eine schwierige Lage bringen können. Die näheren Umstände sind mir unbekannt, aber der Premierminister hat mir angedeutet, daß die Öffentlichkeit nichts über die Sache erfahren darf und daß es um so besser ist, je rascher der Fall aus dem Gedächtnis des Publikums verschwindet. Das alles finde ich vollkommen in Ordnung. Die Behörden nehmen nun einmal diesen Standpunkt ein, und sie wissen, was notwendig ist. Infolgedessen sind der Polizei die Hände gebunden.«

Er beugte sich vor.

»Aber ich möchte die Wahrheit wissen, M. Poirot. Und Sie sind der Mann, der die Wahrheit für mich ergründen kann. Sie sind durch keine offiziellen Rücksichten behindert.«

»Was wünschen Sie, daß ich tun soll, Mr. Blunt?«

»Ich wünsche, daß Sie diese Frau finden – Sainsbury Seale.«

»Lebend oder tot?«

Blunt erhob erstaunt die Augenbrauen.

»Sie halten es für möglich, daß sie tot ist?«

Hercule Poirot schwieg einige Augenblicke, dann sagte er langsam und mit Nachdruck: »Wenn Sie meine Meinung hören wollen: Ja, ich glaube, daß sie tot ist.«

»Warum nehmen Sie das an?«

Hercule Poirot lächelte leicht.

»Es wird Ihnen albern vorkommen: Weil ich ein Paar ungetragene Strümpfe in einer Schublade gefunden habe.«

Alistair Blunt starrte ihn verwundert an.

»Sie sind ein seltsamer Mensch, M. Poirot.«

»Ich bin sehr seltsam. Das heißt, ich bin ordentlich, methodisch und logisch, und ich liebe es nicht, Tatsachen zu verdrehen, um eine Theorie zu stützen – das ist, wie ich leider feststellen muß, wirklich ungewöhnlich . . .«

Alistair Blunt sagte: »Ich habe mir die ganze Sache durch den Kopf gehen lassen – brauche immer eine Weile, bis ich etwas durchdacht habe. Und diese Geschichte ist so verdammt sonderbar! Ich meine – erst erschießt sich dieser Zahnarzt, dann wird diese Mrs. Chapman mit zerschmettertem Gesicht in ihre eigene Pelztruhe gesteckt . . . Widerlich! Verdammt widerlich! Ich kann mir nicht helfen, aber es muß doch etwas dahinterstecken.«

127

Poirot nickte.

Blunt fuhr fort: »Und wissen Sie: Je mehr ich darüber nachdenke, desto klarer wird mir, daß die Seale meiner Frau nie begegnet ist. Das war einfach ein Vorwand, um mich anzusprechen. Aber wozu? Was hat sie davon gehabt? Ich meine – was hatte sie davon, außer einem kleinen Geldbetrag? Trotzdem habe ich das Gefühl, als sei das Zusammentreffen mit mir bewußt herbeigeführt worden. Es hat so verdächtig gut geklappt! Aber warum? Das frage ich mich immerzu: warum?«

»Ja, das ist tatsächlich die Hauptfrage: warum? Ich habe mich das auch gefragt – und ich kann es nicht verstehen.«

»Sie machen sich gar keine bestimmten Ideen über die Sache?«

Poirot schüttelte den Kopf.

»Meine Ideen sind im höchsten Maße kindisch. Ich sage mir, es sei vielleicht eine List gewesen, um jemanden auf Ihre Person aufmerksam zu machen – um sozusagen mit dem Finger auf Sie zu weisen. Aber auch das ist albern, denn Sie sind eine ziemlich bekannte Erscheinung, und jedenfalls wäre es viel einfacher gewesen zu sagen: ›Schau, das ist er – der Mann, der jetzt zur Tür hineingeht.‹«

»Warum sollte jemand auf meine Person aufmerksam gemacht werden?«

»Mr. Blunt, versetzen Sie sich noch einmal zurück an den betreffenden Vormittag beim Zahnarzt. Hat Morley gar nichts gesagt, was Ihnen ungewöhnlich vorgekommen ist? Können Sie sich an nichts erinnern, was uns als Spur dienen könnte?«

Blunt dachte angestrengt nach. Dann schüttelte er den Kopf.

»Es tut mir leid. Mir fällt nicht das geringste ein.«

»Sind Sie ganz sicher, daß er die Frau nicht erwähnt hat
– Miss Sainsbury Seale?«

»Ganz sicher.«

»Auch nicht die andere – Mrs. Chapman?«

»Nein, nein – wir haben überhaupt nicht von Menschen
gesprochen. Nur von Rosen, von Gärten, die Regen nötig haben, und von Ferien – von nichts anderem.«

»Und niemand ist während Ihrer Anwesenheit ins Zimmer gekommen?«

»Warten Sie – nein, ich glaube nicht. Sonst war immer
eine junge Dame da, eine Blondine. Aber an dem Tag
habe ich sie nicht gesehen. Oh, jetzt erinnere ich mich:
Ein zweiter Zahnarzt ist für einen Augenblick hereingekommen – dem Akzent nach anscheinend ein Ire.«

»Und was sagte oder tat er?«

»Er fragte Morley etwas und ging gleich wieder hinaus.
Er war nur ganz kurz im Sprechzimmer.«

»Und sonst können Sie sich auf nichts besinnen? Auf
gar nichts?«

»Nein, Morley hat sich ganz normal benommen.«

Hercule Poirot murmelte nachdenklich: »Ja, ich fand
ihn auch ganz normal.«

Es entstand eine längere Pause. Dann fragte Poirot:
»Können Sie sich an einen jungen Mann erinnern, der
mit Ihnen unten im Wartezimmer war?«

Alistair Blunt runzelte die Stirn.

»Warten Sie einmal – ja, ich entsinne mich – ein ziemlich unruhiger junger Mann. Aber etwas Besonderes ist
mir an ihm nicht aufgefallen. Warum fragen Sie?«

»Würden Sie ihn wiedererkennen, wenn Sie ihn sä-
hen?«

Blunt schüttelte den Kopf.

»Ich habe ihn kaum angeschaut.«

»Versuchte er nicht, mit Ihnen ins Gespräch zu kommen?«

»Nein.« Blunt sah Poirot mit unverhüllter Neugierde an. »Worauf wollen Sie hinaus? Wer war der junge Mann?«

»Er heißt Howard Raikes.«

Poirot paßte scharf auf, wie Blunt reagieren würde; aber es erfolgte nichts.

»Kenne ich den Namen? Habe ich den Mann schon irgendwo getroffen?«

»Ich glaube nicht, daß Sie ihm schon begegnet sind. Er ist ein Freund Ihrer Nichte, Miss Olivera.«

»Aha, einer von Janes Freunden.«

»Ihre Mutter hält, soviel ich weiß, nicht sehr viel von dieser Freundschaft.«

Blunt sagte geistesabwesend: »Ich kann mir nicht denken, daß das auf Jane großen Eindruck macht.«

»Mrs. Olivera hat sogar so ernste Einwände gegen diese Freundschaft, daß sie ihre Tochter aus Amerika nach England gebracht hat, um sie von diesem jungen Mann zu trennen.«

»Oh!« Nun hatte Blunt begriffen. »Der war das also!«

»Aha, jetzt fangen Sie an, Interesse zu bekommen!«

»Ich halte ihn für einen in jeder Beziehung höchst unliebsamen Burschen. Ist in alle möglichen umstürzlerischen Aktionen verwickelt.«

»Von Miss Olivera habe ich gehört, daß er an dem betreffenden Vormittag nur zu dem Zweck in die Queen Charlotte Street gegangen ist, um Sie zu sehen.«

»Und um mich zu bewegen, Gefallen an ihm zu finden?«

»Nun – nicht ganz – die Absicht war eher, daß er bewogen werden sollte, an Ihnen Gefallen zu finden.«

Alistair Blunt sagte empört: »Das ist ja wohl der Gipfel der Frechheit!«

Poirot unterdrückte ein Lächeln.

130

»Anscheinend verkörpern Sie so ungefähr alles, was er ablehnt.«

»Ganz bestimmt gehört er zu der Sorte junger Leute, die ich ablehne! Vertrödelt seine Zeit damit, große politische Reden zu halten und das Blaue vom Himmel herunterzuschwätzen, anstatt irgendeine ordentliche Arbeit anzupacken!«

»Würden Sie mir erlauben, eine unverschämte und sehr persönliche Frage an Sie zu richten?« bat Poirot nach einer kleinen Pause.

»Schießen Sie los.«

»Wie sehen, für den Fall Ihres Todes, Ihre testamentarischen Verfügungen aus?«

Blunt starrte ihn an.

»Warum wollen Sie das wissen?«

»Weil – immerhin eine schwache Möglichkeit besteht« – Poirot zuckte die Achseln – »daß dies für unseren Fall wichtig ist.«

»Unsinn!«

»Vielleicht – vielleicht auch nicht.«

Alistair Blunt sagte kalt: »Ich denke, Sie sind unnötig dramatisch, M. Poirot. Niemand hat versucht, mich zu ermorden oder dergleichen.«

»Eine Bombe am Frühstückstisch – ein Schuß auf der Straße . . .«

»Ach, diese Dinge! Ein Mann, der in der internationalen Hochfinanz mitmischt, wird immer derartigen kleinen Aufmerksamkeiten von verrückten Fanatikern ausgesetzt sein!«

»Es kann sich auch um jemanden handeln, der nicht fanatisch und nicht verrückt ist.«

Blunt machte große Augen.

»Worauf wollen Sie hinaus . . .?«

»In nüchternen Worten möchte ich gern wissen, wer aus Ihrem Tod Nutzen zieht.«

131

Blunt lachte.

»Hauptsächlich das St. Edward's Hospital, das Krebs-krankenhaus und das Königliche Blindeninstitut.«

»Aha!«

»Außerdem habe ich einen bestimmten Geldbetrag meiner angeheirateten Nichte, Mrs. Julia Olivera, ver-macht; einen gleich hohen Betrag – der aber treuhän-derisch zu verwalten ist – ihrer Tochter, Jane Olivera; und schließlich ein namhaftes Legat meiner einzigen noch lebenden Blutsverwandten, einer Cousine, Helen Montressor, die in sehr schlechten Verhältnissen ist und hier auf dem Besitz ein kleines Bauernhaus be-wohnt.«

Er hielt inne und sagte: »Das alles, M. Poirot, ist streng vertraulich.«

»Natürlich, Monsieur, natürlich.«

In spöttischem Ton fügte Blunt hinzu: »Ich hoffe, Sie wollen nicht behaupten, M. Poirot, daß Julia oder Jane Olivera oder meine Cousine Helen Montressor mich um meines Geldes willen umzubringen beabsichti-gen?«

»Ich behaupte nichts – gar nichts.«

Blunts leichte Gereiztheit verflog wieder. Er fragte: »Und meinen Auftrag nehmen Sie an?«

»Die Suche nach Miss Sainsbury Seale? Jawohl.«

»Bravo!« sagte Alistair Blunt herzlich.

Beim Verlassen des Zimmers stieß Poirot um ein Haar mit Jane zusammen.

»Ich bitte um Entschuldigung, Mademoiselle«, sagte er höflich.

Jane Olivera trat etwas zur Seite.

»Wissen Sie, was ich über Sie denke, M. Poirot?«

»*Eh bien*, Mademoiselle . . .«

Sie ließ ihn nicht ausreden. Ihre Frage hatte nur rein

rhetorischen Wert besessen. Jane Olivera war im Begriff, selbst darauf zu antworten.

»Sie sind ein Spitzel – das sind Sie! Ein elender, niedriger, gemeiner Spitzel, der seine Nase in alles steckt und nichts als Verwirrung stiftet!«

»Ich versichere Ihnen, Mademoiselle . . .«

»Ich weiß genau, worauf Sie es abgesehen haben! Und ich weiß jetzt auch, wie Sie lügen! Warum geben Sie es nicht offen zu? Aber eines kann ich Ihnen sagen: Sie werden nichts, gar nichts herausbekommen! Es gibt für Sie nichts herauszubekommen! Niemand hat die Absicht, meinem werten Onkel auch nur ein Haar zu krümmen. Dem passiert nichts. Dem wird nie etwas passieren. Frisch und gesund, korrekt, wohlhabend – und voll von Gemeinplätzen! Er ist nichts als ein stumpfsinniger John Bull – ohne ein Gramm Phantasie oder Weitblick!«

Sie senkte ihre wohlklingende Stimme und zischte haßerfüllt: »Ich kann Ihren Anblick nicht ertragen – Sie verdammter kleiner Bourgeois-Detektiv!« Und sie rannte fluchtartig davon.

Hercule Poirot blieb mit weit aufgerissenen Augen und hochgezogenen Brauen stehen; seine Hand spielte nachdenklich am Schnurrbart.

Die Bezeichnung »Bourgeois« paßte gut auf ihn – das mußte er zugeben. Seine Lebensphilosophie war durchaus bürgerlich – war es immer gewesen. Aber daß die elegante und gepflegte Jane Olivera dieses Wort anwandte, um ihre Verachtung für ihn auszudrücken, gab ihm zu denken.

Immer noch in Gedanken versunken, ging er in den Salon. Mrs. Olivera war gerade dabei, eine Patience zu legen. Sie schaute auf, als Poirot hereinkam, ließ flüchtig einen Blick über ihn gleiten, als betrachte sie einen besonders unappetitlichen Käfer, und murmelte zerstreut: »Roter Bube auf schwarze Dame.«

Wie ein begossener Pudel zog Poirot sich zurück. Er überlegte traurig: »Ach, es scheint, daß mich hier niemand mag!«

Er schlenderte durch die Glastür hinaus in den Garten. Es war ein herrlicher Abend, erfüllt vom Duft der nächtlich atmenden Büsche und Sträucher. Poirot schnüffelte und schlug einen Weg ein, der zwischen zwei hohen Hecken verlief.

Hercule Poirot bog um eine Ecke, und zwei Gestalten fuhren auseinander. Offenbar hatte er ein Liebespaar gestört. Hastig kehrte er um und ging den gleichen Weg zurück. Sogar hier draußen war er anscheinend überflüssig. Er kam an Alistair Blunts Fenster vorbei; Blunt diktierte Mr. Selby. Es schien letzten Endes nur einen einzigen Aufenthaltsort für Hercule Poirot zu geben: Er ging zu Bett. Aber noch eine ganze Weile dachte er über die verschiedenen phantastischen Aspekte nach, die die Lage bot.

Hatte er sich geirrt, als er in der Stimme am Telefon Mrs. Olivera zu erkennen glaubte? Oder hatte er sich nicht geirrt? Der Gedanke war absurd!

Er rief sich die dramatischen Enthüllungen des stillen, kleinen Mr. Barnes ins Gedächtnis zurück und stellte Mutmaßungen an über die geheimnisvollen Wege des Mr. QX 912, alias Albert Chapman.

Mit plötzlichem Unbehagen erinnerte er sich an den ängstlichen Blick des Stubenmädchens Agnes. Es war immer dasselbe: Die Leute wollten mit einzelnen Dingen nicht herausrücken! Meist waren es ganz unwichtige Dinge; aber solange sie nicht aus dem Weg geräumt waren, kam man nicht vorwärts. Und was lag augenblicklich nicht alles auf seinem Weg!

Was ihn am meisten am klaren Denken und methodischen Fortschreiten hinderte, war das widerspruchsvolle und unlösbare Problem Sainsbury Seale. Denn wenn die Tatsachen stimmten, die Hercule Poirot festgestellt hatte – dann ergab überhaupt nichts mehr einen Sinn! Poirot fragte sich, voll Erstaunen über seine eigene Frage: »Könnte es sein, daß ich alt werde?«

6

Nach einer unruhigen Nacht war Poirot am anderen Morgen frühzeitig auf den Beinen. Das Wetter war herrlich, und er ging noch mal den gleichen Weg, wie am Abend zuvor.

Die Büsche und Sträucher standen in voller Pracht, und obwohl Poirots persönlicher Geschmack zu einer regelmäßigeren Anordnung der Blumen neigte – wie die ordentlichen Geranienbeete, die man in Ostende sieht –, war ihm doch klar, daß hier der Geist englischer Gartenpflege seinen vollkommensten Ausdruck gefunden hatte. Sein Weg führte ihn weiter durch einen Rosengarten, wo ihn die Anlage der Beete entzückte, und dann in Windungen durch einen alpinen Steingarten, bis er schließlich zu dem von einer Mauer eingefaßten Küchengarten gelangte. Hier bemerkte er eine kräftige Frau im Tweedkostüm, mit dunklen Augenbrauen und kurzgeschnittenem schwarzem Haar, die in der langsamen und eindringlichen Sprechweise der Schotten auf einen Mann einredete, der offenbar der Obergärtner war. Es fiel Poirot auf, daß der Obergärtner an der Unterhaltung keine große Freude zu haben schien.

In Miss Helen Montressors Stimme war ein deutlich sarkastischer Ton nicht zu überhören, und Poirot huschte schnell auf einem Seitenweg davon.

Ein Gärtner, der sich – wie Poirot vermutete – rastend auf seinen Spaten gestützt hatte, begann plötzlich eifrig zu graben. Poirot kam näher. Der Mann, ein junger Bursche, grub weiter, mit dem Rücken zu Poirot, der stehenblieb, um ihn zu beobachten.

»Guten Morgen«, sagte Poirot freundlich.

Ein gemurmeltes »Morgen, Sir« war die Antwort, aber der Mann hörte nicht auf zu arbeiten.

Poirot war etwas erstaunt. Nach seinen Erfahrungen war ein Gärtner, so sehr er auch bestrebt sein mochte, den Eindruck fleißiger Arbeit zu erwecken, gewöhnlich nur allzu bereit, seine Tätigkeit zu unterbrechen und ein paar Worte zu plaudern, wenn man ihn ansprach.

Nachdenklich setzte er seinen Weg fort, verließ den ummauerten Küchengarten und blieb stehen, um einen mit Büschen bewachsenen Hügel zu betrachten.

Auf einmal erhob sich, einem phantastischen Mond vergleichbar, ein runder Gegenstand langsam über die Gartenmauer. Es war Hercule Poirots eiförmiger Kopf, und Hercule Poirots Augen betrachteten mit starkem Interesse den jungen Gärtner, der jetzt zu graben aufgehört hatte und sich mit dem Hemdärmel den Schweiß von der Stirn wischte.

»Sehr sonderbar und interessant«, murmelte Hercule Poirot, indem er vorsichtig den Kopf wieder hinter der Mauer verschwinden ließ. Er tauchte aus den Büschen auf und klopfte sich ein paar Zweige und Blätter ab.

Ja, es war tatsächlich sehr sonderbar und interessant, daß Frank Carter, der einen Sekretärsposten auf dem Lande bekleidete, als Gärtner im Dienste Alistair Blunts tätig war. Während er darüber nachdachte, hörte er in einiger Entfernung Gongschläge und ging zum Haus zurück. Auf dem Weg begegnete er seinem

Gastgeber im Gespräch mit Miss Montressor, die soeben durch die andere Tür aus dem Küchengarten gekommen war. Ihre Stimme mit der rollenden schottischen Aussprache war klar und deutlich zu hören: »Es ist sehrr lieb von dirr, Alistairr, aberr ich ziehe es vorr, diesmal keine Einladung anzunehmen, währrend deine amerrikanischen Verrwandten auf Besuch sind.«

»Julia ist leider ziemlich taktlos, aber sie hat es bestimmt nicht so gemeint«, beschwichtigte Blunt.

Miss Montressor sagte ungerührt: »Meinerr Meinung nach ist ihrr Benehmen mirr gegenüber sehrr unverschämt – und Unverschämtheiten lasse ich mirr nicht gefallen, wederr von Amerikanerinnen noch von anderren Leuten!«

Miss Montressor entfernte sich.

Hercule Poirot ging auf Blunt zu, der ein Schafsgesicht machte, wie die meisten Männer, wenn ihr Weibervolk ihnen Schwierigkeiten bereitet.

Er sagte betreten: »Die Weiber soll wirklich der Teufel holen! Guten Tag, M. Poirot. Prachtvolles Wetter!« Sie schritten dem Hause zu, und Blunt murmelte seufzend: »Wie mir meine Frau fehlt!«

Im Speisezimmer bemerkte er zu Mrs. Olivera: »Ich fürchte, Julia, du hast Helen sehr gekränkt.«

Mrs. Olivera erwiderte grimmig: »Die Schotten sind immer gleich so empfindlich.«

Alistair Blunt machte ein unglückliches Gesicht.

»Wie ich sehe, haben Sie einen jungen Gärtner, der erst kürzlich eingestellt worden ist?« lenkte Poirot ab.

»Das stimmt«, sagte Blunt. »Jawohl – Burton, der dritte Gärtner, ist vor drei Wochen gegangen, und da haben wir diesen jungen Burschen engagiert.«

»Können Sie sich erinnern, wo er vorher war?«

»Nein, keine Ahnung. MacAlister hat ihn eingestellt. Irgend jemand hat mich gebeten, es mit ihm zu versu-

137

chen. Hat ihn wärmstens empfohlen. Ich bin darüber etwas erstaunt, denn MacAlister behauptet, daß er nicht viel taugt. Er will ihn wieder entlassen.«

»Wie heißt er?«

»Dunning – Sunbury – so ähnlich.«

»Wäre es sehr zudringlich, Sie zu fragen, was Sie dem Mann zahlen?«

Alistair Blunt machte ein amüsiertes Gesicht.

»Ganz und gar nicht. Zwei Pfund fünfzehn Shilling die Woche, glaube ich.«

»Nicht mehr?«

»Bestimmt nicht mehr – eher etwas weniger.«

»Nun«, sagte Poirot, »das ist sehr sonderbar.«

Alistair Blunt sah ihn fragend an.

Aber in diesem Augenblick raschelte Jane Olivera mit der Zeitung und lenkte das Gespräch in eine andere Richtung.

»Eine Menge Leute haben es anscheinend auf dich abgesehen, Onkel Alistair!«

»Ach, du liest die Parlamentsdebatte. – Das ist nicht weiter schlimm. Nur Archerton – der kämpft ja immer gegen Windmühlenflügel. Und von finanziellen Dingen hat er total verrückte Vorstellungen. Wenn man ihm seinen Willen ließe, wäre England innerhalb einer Woche bankrott.«

»Hast du denn nie den Wunsch, neue Methoden auszuprobieren?« fragte Jane.

»Nein, meine Liebe – wenn sie nicht besser sind als die alten.«

»Aber du würdest nie anerkennen, daß sie besser sind. Du würdest immer sagen: ›Das kann zu nichts führen.‹« Jane fuhr hitzig fort: »Was wir brauchen, ist eine neue Welt! Und du sitzest hier und ißt gebratene Nieren!«

Sie stand auf und ging durch die Glastür in den Garten

138

hinaus.

Blunts Gesicht drückte mildes Erstaunen und leichtes Unbehagen aus.

»Jane hat sich in letzter Zeit sehr verändert . . .«, brummte er. »Wo hat sie nur alle diese neuen Ideen her?«

»Du brauchst nicht auf das zu achten, was Jane sagt«, meinte Mrs. Olivera. »Jane ist ein ganz törichtes Mädchen. Du weißt ja, wie Mädchen sind: Sie gehen zu solchen merkwürdigen Gesellschaften in Ateliers, wo junge Männer mit unmöglichen Krawatten hinkommen, und dann reden sie zu Hause eine Menge Unsinn.«

»Ja, aber Jane ist doch früher nicht auf diese Dinge hereingefallen.«

»Es ist nur eine Mode, Alistair – diese Sachen liegen einfach in der Luft!«

Mrs. Olivera erhob sich, und Poirot öffnete ihr die Tür. Sie rauschte stirnrunzelnd hinaus.

Plötzlich sagte Blunt: »Wissen Sie, es gefällt mir nicht, daß alle Leute solches Zeug reden! Und niemand denkt sich etwas dabei! Es ist alles bloß leeres Geschwätz! Immerzu stoße ich darauf: ›Eine neue Welt.‹ Was soll das bedeuten? Sie wissen es selbst nicht! Sie berauschen sich einfach an Worten!« Er lächelte etwas verlegen. »Ich bin nämlich einer der letzten von der alten Garde.«

Poirot nickte. Und in einem ganz neuen Sinn begann ihm klarzuwerden, was Alistair Blunt eigentlich verkörperte. Mr. Barnes hatte es ihm schon gesagt, aber damals hatte er es kaum aufgenommen. Plötzlich empfand er Angst . . .

»Ich bin mit meinen Briefen fertig«, sagte Blunt, als er am späteren Vormittag wieder erschien. »Jetzt, M. Poirot, werde ich Ihnen meinen Garten zeigen.«

Die beiden gingen zusammen hinaus, und Blunt erzählte von seiner Liebhaberei.

Seine größte Freude war der Felsengarten mit seinen seltenen Alpenpflanzen; dort verbrachten sie längere Zeit, während Blunt einzelne besonders wertvolle Arten erläuterte.

Hercule Poirot, der seine besten Lackschuhe anhatte, hörte geduldig zu und trat von Zeit zu Zeit vorsichtig von einem Fuß auf den anderen; er stöhnte leise, denn die Füße taten ihm wirklich weh.

Sein Gastgeber schlenderte weiter und wies auf verschiedene Pflanzen hin. Bienen summten, und aus der Nähe klang das Geräusch einer Gartenschere, mit der eine Lorbeerhecke gestutzt wurde. Es herrschte eine friedliche, verschlafene Stimmung.

Blunt blieb am Ende der Einfassung stehen und schaute zurück. Das Klippklapp der Gartenschere klang ganz nahe, aber wer sie bediente, war nicht zu sehen.

»Genießen Sie den Blick von hier aus, Poirot. Die Bartnelken sind dieses Jahr besonders schön. Ich kann mich nicht erinnern, sie schon einmal so prächtig gesehen zu haben. Und die Lupinen dort. Herrliche Farben!«

Krach! Ein Schuß zerriß den morgendlichen Frieden. Etwas pfiff durch die Luft. Alistair Blunt sah verwirrt nach einem schwachen Rauchwölkchen, das mitten aus den Lorbeerbüschen aufstieg. Plötzlich erhoben sich zornige Stimmen. In den Büschen kämpften zwei Männer miteinander und versetzten diese in schwankende Bewegung. Eine amerikanisch klingende Stimme rief entschlossen: »Hab ich dich, du verdammter Gauner! Laß die Waffe fallen!«

Die beiden Gestalten taumelten ins Freie. Der junge Gärtner, der am frühen Morgen so fleißig gegraben hatte, wand sich unter dem kräftigen Griff eines anderen Mannes, der nahezu einen Kopf größer war.

Auch ihn erkannte Poirot sofort. Die Stimme hatte ihn schon verraten.

Frank Carter zischte: »Lassen Sie mich los! Ich sage Ihnen, ich habe es nicht getan!«

»Ach nein? Wahrscheinlich bloß ein bißchen auf die Vögel geschossen, wie?« schrie Howard Raikes empört.

Er hielt inne und sah auf Blunt und Poirot, die näher traten.

»Mr. Alistair Blunt? Dieser Kerl da hat gerade aus dem Hinterhalt auf Sie geschossen. Ich habe ihn auf frischer Tat ertappt.«

Frank Carter schrie: »Das ist gelogen! Ich war gerade dabei, die Hecke zu schneiden, hörte einen Schuß, und die Pistole fiel mir direkt vor die Füße. Ich habe sie aufgehoben – das ist doch ganz begreiflich –, und plötzlich ist der da auf mich losgesprungen!«

Howard Raikes sagte grimmig: »Sie haben die Waffe in der Hand gehabt, und sie war eben abgefeuert worden!«

»Wollen einmal sehen, was der Detektiv dazu meint! Jedenfalls ein Glück, daß ich Sie rechtzeitig erwischt habe. Ich denke, daß noch mehrere Schüsse im Magazin sind.«

»Ganz richtig!« murmelte Poirot.

Blunt runzelte ärgerlich die Stirn. Er sagte in scharfem Ton: »Also, Dunnon – Dunbury – oder wie Sie heißen . . .«

Hercule Poirot unterbrach hin: »Dieser Mann heißt Frank Carter.«

Carter drehte sich wütend nach ihm um.

»Sie haben es schon die ganze Zeit auf mich abgesehen! Schon damals am Sonntag wollten Sie mich ausspionieren. Ich sage Ihnen, es ist nicht wahr – ich habe nicht auf ihn geschossen.«

»Nun gut – wer hat dann geschossen?« fragte Poirot ruhig. »Außer uns ist ja niemand in der Nähe.«

Jane Olivera kam den Garten entlanggelaufen. Ihre Augen waren angstvoll geweitet. Sie keuchte: »Howard?«

Howard Raikes sagte in leichtem Ton: »Hallo, Jane. Ich habe deinem Onkel eben das Leben gerettet.«

»Du?« Sie hielt inne.

»Sie sind tatsächlich im richtigen Moment erschienen, Mr. – äh–« Blunt zögerte.

»Das ist Howard Raikes, Onkel Alistair. Ein Freund von mir.«

Blunt sah Raikes an und lächelte. »Oh!« sagte er. »Sie sind also Janes junger Freund! Ich muß Ihnen danken.«

Mit dem schnaubenden Geräusch einer Dampfmaschine tauchte Julia Olivera auf. Atemlos stieß sie hervor:

»Ich habe einen Schuß gehört. Ist Alistair – was . . .« Sie starrte Raikes verständnislos an. »Sie? Wie – wie können Sie sich unterstehen . . .?«

Jane sagte in eisigem Ton: »Howard hat Onkel Alistair das Leben gerettet, Mutter.«

»Was? Ich – ich . . .«

»Dieser Mann hier hat versucht, Onkel Alistair zu erschießen, und Howard hat ihn gepackt und ihm die Pistole entrissen.«

Frank Carter schnaubte haßerfüllt: »Ihr seid alle verdammte Lügner.«

Mrs. Olivera sperrte vor Überraschung den Mund auf und flüsterte nur: »Oh!« Es dauerte einige Zeit, bis sie sich gefaßt hatte. Dann wandte sich sich an Blunt.

142

»Mein lieber Alistair! Wie schrecklich! Ich danke Gott, daß dir nichts passiert ist. Du mußt furchtbar erschrokken sein. Ich – ich selbst fühle mich ganz schwach. Meinst du, daß ich einen Cognac haben könnte – nur ein kleines Schlückchen?«

Blunt sagte rasch: »Natürlich. Komm mit mir ins Haus.« Sie nahm seinen Arm und stützte sich schwer darauf. Blunt sah über die Schulter auf Poirot und Raikes zurück. »Können Sie den Burschen mitbringen?« fragte er. »Wir wollen ihn der Polizei übergeben.«

Frank Carter öffnete den Mund, brachte aber kein Wort heraus. Er war totenblaß, und die Knie zitterten ihm. Howard Raikes packte ihn hart.

»Kommen Sie mit, Sie . . .«

Frank Carter murmelte mit heiserer und unsicherer Stimme: »Alles Lüge.«

Howard Raikes schaute Poirot an.

»Für einen erstklassigen Spürhund haben Sie aber herzlich wenig eigene Meinung! Warum äußern Sie sich eigentlich nicht?«

»Ich denke nach, Mr. Raikes.«

»Das wird auch nötig sein, glaube ich! Ich möchte behaupten, daß diese Geschichte Sie Ihre Stelle kosten kann! Jedenfalls ist es Ihnen nicht zu verdanken, wenn Alistair Blunt noch am Leben ist.«

Hercule Poirot murmelte: »Ich frage mich . . .«

Beim Ankleiden fürs Abendessen betrachtete Poirot stirnrunzelnd sein Spiegelbild, während er sich bemühte, seine Krawatte so exakt wie möglich zu binden. Er war unzufrieden, hätte aber nicht erklären können, warum. Denn der Fall – das mußte er zugeben – lag völlig klar. Frank Carter war wirklich auf frischer Tat ertappt worden.

Nicht etwa, daß er in Frank Carter besonderes Vertrauen gesetzt oder Sympathie für ihn empfunden hätte. Nüchtern betrachtet, hielt er Carter für eine bestimmt sehr unerfreuliche Erscheinung. Einer von diesen brutalen jungen Leuten, die den Frauen gefallen und sie so weit bringen können, daß sie trotz einwandfreier Gegenbeweise nichts Böses von ihnen glauben wollen. Und Carters ganze Geschichte war in höchstem Grade schwach. Agenten des »Geheimdienstes« sollten an ihn herangetreten sein und ihm einen Posten angeboten haben – einen Posten als Gärtner, um über die Gespräche und Handlungen der anderen Gärtner zu berichten! Die Unwahrheit dieser Behauptung ließ sich leicht nachweisen. Carter konnte keinerlei glaubwürdigen Anhaltspunkt liefern.

Ein außerordentlich schwach erfundenes Märchen – gerade die Art Märchen, dachte Poirot, die sich ein Mensch wie Carter ausdenken würde.

Zu Carters Gunsten ließ sich überhaupt nichts sagen. Er selbst war nicht imstande, den Vorgang zu erklären, sondern blieb dabei, daß ein anderer den Schuß abgefeuert haben mußte. Immer wieder sprach er von einem »abgekarteten Spiel«.

Nein, zugunsten Carters war nichts vorzubringen.

Für Raikes hatten sich die Dinge sehr glücklich entwickelt. Seine Anwesenheit in Exsham konnte er dadurch erklären, daß er in Janes Nähe sein wollte, und es war ja ein Glück, daß er da war, denn sonst wäre Alistair Blunt wohl kaum mehr am Leben. Und in Zukunft würde man dem jungen Lebensretter kaum mehr das Haus verbieten können.

Janes unerwünschter junger Freund hatte im Hause Blunt festen Fuß gefaßt und schien entschlossen, sich nicht wieder vertreiben zu lassen.

Poirot beobachtete ihn nachdenklich während des ganzen Abends. Er spielte seine Rolle mit beträchtlicher

Geschicklichkeit. Er äußerte keine umstürzlerischen Meinungen, sprach überhaupt nicht von Politik. Er erzählte lustige Geschichten von seinen Fahrten und Abenteuern in der Wildnis.

Er ist nicht mehr der Wolf, dachte Poirot. Nein, er hat den Schafspelz angezogen. Aber was ist darunter? Das wüßte ich gern . . .

»Errette mich, Herr, von den bösen Menschen; behüte mich vor den freveln Leuten«, sagte Mrs. Olivera mit fester, wenn auch etwas falscher Stimme.

Sie tat es mit solcher Inbrunst, daß Hercule Poirot zu der bestimmten Schlußfolgerung kam, der frevle Mensch, der ihr im Geiste vorschwebte, sei Howard Raikes. Hercule Poirot hatte seinen Gastgeber und die ganze Familie zur Morgenandacht in die Dorfkirche begleitet.

»Sie schärfen ihre Zunge wie eine Schlange«, sangen die Chorknaben in schrillem Diskant, »Otterngift ist unter ihren Lippen.« Die Tenöre und Bässe baten hingebungsvoll: »Bewahre mich, Herr, vor der Hand der Gottlosen; behüte mich vor den freveln Leuten, die meinen Gang gedenken umzustoßen.«

Hercule Poirot machte einen schüchternen baritonalen Versuch: »Die Hoffärtigen legen mir Stricke und bereiten mir Seile aus zum Netze und stellen mir Fallen an den Weg . . .«

Sein Mund blieb offenstehen. Er sàh sie – er sah die Falle deutlich, in die er um ein Haar gegangen war!

Ein schlau gelegter Strick – Seile zum Netz ausgebreitet – eine offene Grube zu seinen Füßen – sorgfältig angelegt, auf daß er hineinfallen sollte.

Wie ein Verzückter blieb Hercule Poirot mit offenem Munde stehen und starrte ins Leere. Er stand immer noch da, als die Gemeinde schon geräuschvoll ihre

Plätze eingenommen hatte. Jane Olivera zerrte ihn am Ärmel und zischte: »Setzen Sie sich doch!«

Hercule Poirot setzte sich. Ein bejahrter Geistlicher mit Vollbart begann zu predigen. Aber Poirot hörte nichts von der Züchtigung der Amalekiter. Er befand sich in einer anderen Welt – einer herrlichen Welt, in der unzusammenhängende Dinge wild kreisten und sich dann säuberlich am richtigen Ort niederließen.

Es war wie ein Kaleidoskop: Schuhschnallen, Strümpfe Nummer zehn, ein zerschmettertes Gesicht, der schlechte literarische Geschmack Alfreds, des Boys, die Umtriebe des Mr. Amberiotis, die Rolle des verstorbenen Zahnarztes Morley – all das flatterte auf, wirbelte im Kreis und gruppierte sich schließlich zu einem zusammenhängenden, übersichtlichen Ganzen. Zum ersten Mal betrachtete Hercule Poirot den Fall von der richtigen Seite.

»Denn Ungehorsam ist eine Zaubereisünde, und Widerstreben ist Abgötterei und Götzendienst. Weil du nun des Herrn Wort verworfen hast, hat er dich auch verworfen, daß du nicht König seist. Hier endet der erste Abschnitt . . .«, schloß der bejahrte Geistliche.

Wie ein Träumender erhob sich Hercule Poirot, um den Herrn im Te Deum zu preisen.

7

Poirot machte in Hampstead einen zweiten Besuch bei Miss Sainsbury Seales Bekannten. Mrs. Adams war über seine Erscheinung vielleicht etwas erstaunt. Obwohl ein Chefinspektor von Scotland Yard sozusagen für ihn gebürgt hatte, betrachtete sie ihn dennoch als einen »sonderbaren kleinen Ausländer« und nahm ihn nicht ganz ernst. Sie war aber gern zu weiteren Auskünften bereit. Nach den ersten sensationellen Veröffentlichungen über die Identität des Opfers waren die Ergebnisse der Totenschau vom Publikum ohne besonderes Interesse aufgenommen worden. Es hatte sich eben um eine Personenverwechslung gehandelt: die Leiche von Mrs. Chapman war für die von Miss Sainsbury Seale gehalten worden. Mehr wußte die Öffentlichkeit nicht. Die Tatsache, daß Miss Sainsbury Seale vermutlich die letzte Person war, die Mrs. Chapman lebend gesehen hatte, wurde nicht hervorgehoben. Die Presse machte nicht die geringste Andeutung, daß Miss Sainsbury Seale möglicherweise wegen eines Kapitalverbrechens polizeilich gesucht wurde.

Mrs. Adams war ein Stein vom Herzen gefallen, als sie erfahren hatte, daß die unter so dramatischen Umständen entdeckte Leiche nicht die ihrer Freundin gewesen war. Anscheinend entging ihr vollständig, daß Mabelle Sainsbury Seale einen schweren Verdacht auf sich geladen hatte.

»Aber es ist höchst eigenartig, daß sie so spurlos verschwunden ist. Ich habe das ganz bestimmte Gefühl, M. Poirot, daß sie das Gedächtnis verloren haben muß. Amnesie, glaube ich, nennen die Ärzte das.«

Poirot sagte, er glaube auch, daß dies der medizinische Ausdruck sei. Nach einer Pause fragte er Mrs. Adams, ob sie Miss Sainsbury Seale jemals von Mrs. Albert Chapman sprechen gehört habe. – Nein, Mrs. Adams konnte sich nicht entsinnen, daß ihre Freundin diesen Namen je erwähnt hätte. Aber natürlich war nicht zu erwarten, daß Miss Sainsbury Seale im Gespräch über ihre sämtlichen Bekannten berichten würde. Wer war diese Mrs. Chapman? Hatte die Polizei irgendeinen Anhaltspunkt, wer sie ermordet haben könnte?

»Es ist nach wie vor ein Rätsel, Madame.«

Poirot schüttelte den Kopf und fragte dann, ob es Mrs. Adams gewesen sei, die Miss Sainsbury Seale den Zahnarzt Morley empfohlen hatte.

Mrs. Adams verneinte. Ihr Zahnarzt war ein Mr. French in der Harley Street, und wenn Mabelle sie nach einem Zahnarzt gefragt hätte, so hätte sie ihr diesen empfohlen.

Poirot meinte, möglicherweise sei es diese Mrs. Chapman gewesen, die Miss Sainsbury Seale zu Morley geschickt habe.

Mrs. Adams pflichtete ihm bei – aber wußte man nicht vielleicht in der Praxis des verstorbenen Mr. Morley Näheres darüber?

Poirot hatte diese Frage schon Miss Nevill gestellt, und zwar vergeblich. Sie erinnerte sich an Mrs. Chapman, glaubte aber nicht, daß diese jemals eine Miss Sainsbury Seale erwähnt hatte – das wäre ihr angesichts des ungewöhnlichen Namens bestimmt nicht entgangen.

Poirot fuhr fort mit seinen Fragen. Mrs. Adams hatte Miss Sainsbury Seale in Indien kennengelernt, nicht wahr? Mrs. Adams bejahte das.

Wußte Mrs. Adams etwas davon, ob Miss Sainsbury Seale dort irgendwann die Bekanntschaft von Mr. oder Mrs. Alistair Blunt gemacht hatte?

»Oh, das glaube ich nicht, M. Poirot. Sie meinen doch den großen Finanzmann? Der war vor einigen Jahren mit seiner Frau auf Besuch beim Vizekönig, aber ich bin überzeugt, daß Mabelle mir erzählt hätte, wenn sie den Blunts irgendwo begegnet wäre. Ich glaube«, fügte Mrs. Adams lächelnd hinzu, »die prominenten Leute erwähnt man doch immer. Wir sind im Grunde genommen alle große Snobs.«

»Und die Blunts – besonders Mrs. Blunt – hat sie nie erwähnt?«

148

»Niemals.«

»Wenn sie eine gute Bekannte von Mrs. Blunt gewesen wäre, hätten Sie wahrscheinlich davon gewußt?«

»Ja, ganz bestimmt. Ich glaube nicht, daß sie Leute dieses Ranges überhaupt gekannt hat. Mabelles Freunde waren alles ganz gewöhnliche Menschen – wie Sie und ich . . .«

»Das, Madame, kann ich nicht zugeben«, sagte Poirot galant.

Mrs. Adams fuhr fort, über Mabelle Sainsbury Seale zu sprechen, wie man über eine Freundin spricht, die kürzlich gestorben ist. Sie zählte alle guten Werke Mabelles auf, ihre Freundschaftsdienste, ihre unermüdliche Arbeit für die Mission, ihren Eifer, ihren Ernst.

Hercule Poirot hörte ihr zu. Es stimmte, was Japp gesagt hatte: Mabelle Sainsbury Seale war ein Mensch aus Fleisch und Blut. Sie hatte in Kalkutta gelebt, dort Sprachunterricht gegeben und unter der indischen Bevölkerung gearbeitet. Sie war achtbar und wohlwollend gewesen, vielleicht ein bißchen umständlich und nicht sehr klug, aber das, was man einen Menschen mit goldenem Herzen zu nennen pflegt.

Er verabschiedete sich von Mrs. Adams und ging fort, tief in Gedanken versunken. Er versuchte, Mabelle Sainsbury Seales Charakter zu ergründen.

Eine nette Frau – eine ernsthafte und gütige Frau –, eine achtbare, anständige Person. Gerade unter solchen Menschen konnte man, wie Mr. Barnes behauptet hatte, mögliche Verbrechernaturen finden.

Sie war auf dem gleichen Schiff aus Indien heimgereist wie Mr. Amberiotis. Es bestand Grund zu der Annahme, daß sie mit ihm im Savoy zu Mittag gegessen hatte.

Sie hatte Alistair Blunt angesprochen und behauptet, eine gute Bekannte seiner Frau gewesen zu sein. Sie

149

hatte zweimal die King Leopold Mansions aufgesucht, wo später eine verstümmelte Leiche aufgefunden worden war, die ihre Kleider trug und ihre Handtasche bei sich hatte – zur bequemeren Identifizierung!

Ein bißchen allzu bequem, das! Nach einem Polizeiverhör hatte sie ganz plötzlich ihr Hotel verlassen.

Konnte die Theorie, die Hercule Poirot für richtig hielt, sich mit allen diesen Einzelheiten vertragen und sie erklären? Er hielt es für möglich.

Diese Überlegungen beschäftigten Hercule Poirot auf dem ganzen Weg, bis er Regent's Park erreichte. Er beschloß, einen Teil des Parks zu Fuß zu durchqueren, ehe er ein Taxi nahm. Aus Erfahrung konnte er fast auf die Minute den Augenblick berechnen, da seine eleganten Lackschuhe ihn unerträglich zu drücken anfingen. Es war ein wundervoller Sommertag, und Poirot schaute zufrieden den Kindermädchen zu, die schwatzend und kichernd mit ihren Verehrern schäkerten, während ihre Schützlinge aus der Unaufmerksamkeit ihrer Betreuerinnen vollsten Nutzen zogen.

Hunde bellten und jagten umher. Kleine Buben ließen Segelboote schwimmen. Und fast unter jedem Baum saß ein Paar, das sich eng aneinanderschmiegte ...

»Ah – *jeunesse, jeunesse*«, murmelte Hercule Poirot, den dieses Bild angenehm berührte. Während sein Blick wohlwollend auf einem jungen Paar ruhte, wurde ihm plötzlich klar, daß ihm die zwei Menschen bekannt vorkamen. Es waren Jane Olivera und ihr junger amerikanischer Revolutionär.

Poirots Gesicht wurde plötzlich traurig und ernst. Nach kurzem Zögern schritt er über das Gras auf die beiden zu.

»*Bonjour*, Mademoiselle!« sagte er.

Es war ihm, als sei sein Auftauchen Jane nicht ganz unlieb. Howard Raikes dagegen schien sich über die Störung ziemlich zu ärgern. Er knurrte: »Ach – da sind Sie ja schon wieder!«

»Guten Tag, M. Poirot«, sagte Jane. »Wie unerwartet Sie immer erscheinen!«

»Eine Art Springteufel«, murrte Raikes, der Poirot mit kühlem Blick musterte.

»Störe ich?« fragte Poirot besorgt.

»Keineswegs«, antwortete Jane liebenswürdig.

Howard Raikes aber stand auf. »Ich bin nicht zum Plaudern aufgelegt, Jane«, sagte er. »Ich glaube, ich werde gehen.« Er nickte Poirot kurz zu und schlenderte davon. Jane Olivera sah ihm nach, ihr Kinn in die Hand gestützt. Plötzlich wandte sie sich zu Poirot. »Ich möchte Sie um Verzeihung bitten. Neulich habe ich mich sehr schlecht benommen. Ich dachte, Sie hätten sich bei uns eingeschlichen und seien nur nach Exsham gekommen, um Howard nachzuspionieren. Aber später erzählte mir Onkel Alistair, daß er Sie ausdrücklich eingeladen hatte, weil er die Geschichte mit der verschwundenen Sainsbury Seale aufgeklärt haben wollte. So ist es doch gewesen?«

»Genau so.«

»Es tut mir also leid, was ich Ihnen damals an dem Abend gesagt habe. Aber es sah ganz so aus, verstehen Sie. Ich meine: Es sah so aus, als ob Sie wirklich Howard gefolgt wären und uns beiden nachspionierten.«

»Selbst wenn das der Fall gewesen wäre, Mademoiselle – so habe ich doch mit eigenen Augen gesehen, daß Mr. Raikes Ihrem Onkel mutig das Leben rettete, indem er auf den Attentäter zusprang und ihn hinderte, einen zweiten Schuß abzufeuern.«

»Sie haben eine seltsame Art zu sprechen, M. Poirot. Ich weiß nie, ob Sie es ernst meinen oder nicht.«

151

Poirot sagte feierlich: »Im Augenblick meine ich es sehr ernst, Miss Olivera.«

Mit einem leichten Zittern in der Stimme fragte Jane: »Warum schauen Sie mich so an? Als ob – als ob ich Ihnen leid täte?«

»Vielleicht, Mademoiselle, weil mir die Dinge leid tun, die ich sehr bald tun muß . . .«

»Nun, dann machen Sie sie doch nicht!«

»Leider, Mademoiselle, muß es sein . . .«

Sie sah ihn eine Weile an. Dann fragte sie: »Haben Sie – die Frau gefunden?«

»Sagen wir: Ich weiß, wo sie ist.«

»Ist sie tot?«

»Das habe ich nicht gesagt.«

»Dann lebt sie also?«

»Auch das habe ich nicht gesagt.«

Jane warf ihm einen gereizten Blick zu.

»Nun, eins von beiden muß sie doch sein, nicht wahr?«

»In Wirklichkeit liegen die Dinge nicht so einfach.«

»Ich glaube, Sie neigen einfach dazu, alles künstlich zu komplizieren!«

»Das behauptet man von mir«, gab Poirot zu.

Ein Frösteln überlief Jane. »Ist das nicht komisch? Ein herrlicher, warmer Tag – und doch ist mir plötzlich kalt«, murmelte sie.

»Vielleicht sollten Sie lieber ein Stück gehen, Mademoiselle.«

Jane erhob sich und stand einen Augenblick unentschlossen da. Dann stieß sie hervor: »Howard wünscht, daß wir heiraten. Sofort. Ohne daß jemand es weiß. Er meint – er meint – nur auf diese Weise würde ich es jemals tun. Er findet, ich sei schwach.« Sie brach ab und packte mit erstaunlicher Kraft Poirot am Arm. »Was soll ich tun, M. Poirot?«

152

»Warum fragen Sie gerade mich um Rat? Es gibt doch Menschen, die Ihnen näher stehen?«

»Mutter? Die würde bei dem bloßen Gedanken daran in Schreikrämpfe ausbrechen! Und Onkel Alistair? Der wäre vorsichtig und prosaisch. ›Laß dir noch Zeit, meine Liebe. Erst wenn du deiner Sache ganz sicher bist, verstehst du. Bißchen sonderbarer Vogel, dein Verehrer. Hat keinen Zweck, die Dinge zu überstürzen.‹«

»Und Ihre Freunde?« schlug Poirot vor.

»Ich besitze keine Freunde. Nur viele blöde Bekannte, mit denen ich trinke und tanze und mich in sinnlosem Geschwätz ergehe! Howard ist der einzige Mensch aus Fleisch und Blut, dem ich je begegnet bin.«

»Trotzdem – warum fragen Sie gerade mich, Miss Olivera?«

»Weil Sie ein so sonderbares Gesicht machen – als ob Ihnen etwas leid täte, als ob Sie wüßten, daß etwas Unvermeidliches herannaht ...« Sie brach ab. »Nun?« fragte sie: »Was meinen Sie?«

Hercule Poirot schüttelte langsam den Kopf.

Als Poirot zu Hause anlangte, meldete ihm George: »Chefinspektor Japp wartet auf Sie, Monsieur.«

Japp lachte etwas verlegen, als Poirot das Zimmer betrat.

»Da bin ich, alter Freund! Bin nur vorbeigekommen, um Ihnen meine Bewunderung auszudrücken! Wie machen Sie das nur? Wie kommen Ihnen solche Einfälle?«

»Und mit alledem wollen Sie sagen ...? Pardon, darf ich Ihnen nicht irgendeine Erfrischung anbieten? Vielleicht Wein? Oder lieber Whisky?«

»Für mich ist Whisky gut genug.«

Ein paar Minuten später erhob er sein Glas und sagte:

153

»Auf das Wohl von Hercule Poirot, der immer recht hat!«

»Nein, nein, *mon ami*...«

»Da hatten wir nun einen wunderbaren Selbstmord-fall. H. P. behauptet, es sei Mord – er wünscht, daß es Mord sein soll –, und tatsächlich: Es ist Mord!«

»Ah – Sie stimmen mir also endlich bei?«

»Nun, ich bin ja kein Dickkopf. Ich stemme mich nicht gegen überzeugende Beweise. Die Schwierig-keit vorher bestand ja eben darin, daß wir keine Be-weise hatten.«

»Und jetzt haben wir Beweise?«

»Jawohl, und ich bin zu Ihnen gekommen, um Ihnen den Leckerbissen sozusagen auf einer silbernen Schüssel zu präsentieren.«

»Mein lieber Japp: Ich bin sehr gespannt.«

»Gut, also los. Die Pistole, mit der am Samstag Frank Carter Blunt erschießen wollte, ist das genaue Pen-dant zu der Waffe, mit der Morley umgebracht wurde!«

Poirot starrte ihn an.

»Aber das ist ja außergewöhnlich...!«

»Ja, es wirft ein böses Licht auf Mr. Frank Carter.«

»Ein Beweis ist es nicht.«

»Nein, aber es erschüttert entscheidend die Selbst-mordtheorie. Die beiden Pistolen sind ausländisches Fabrikat, und noch dazu ein ziemlich ausgefallenes!«

Hercule Poirot saß mit weit aufgerissenen Augen da. Seine Brauen glichen zwei zunehmenden Monden. Endlich sagte er: »Frank Carter? Nein, bestimmt nicht!«

Japp stieß einen Seufzer der Verzweiflung aus.

»Was ist nur los mit Ihnen, Poirot? Erst bestehen Sie darauf, daß Morley keinen Selbstmord begangen hat, sondern von fremder Hand umgebracht worden ist.

Und jetzt, wo ich zu Ihnen komme und Ihnen sage, daß
wir geneigt sind, uns Ihrer Theorie anzuschließen –
jetzt drucksen Sie herum und sind unzufrieden!«

»Sie glauben wirklich, daß Morley von Frank Carter ermordet worden ist?«

»Es paßt jedenfalls vollkommen ins Bild. Carter war
Morley feindlich gesinnt – das haben wir immer schon
gewußt. Er ist damals am Vormittag in die Queen
Charlotte Street gegangen und hat hinterher so getan,
als sei er nur gekommen, um seinem Mädchen von der
neuen Stellung zu erzählen, die er gefunden habe. Wir
haben aber jetzt ermittelt, daß er um diese Zeit die
neue Stellung noch gar nicht hatte! Erst später am Tag
bekam er sie – das gibt er jetzt zu. Lüge Nummer eins.
Ferner ist nicht festzustellen, was er nach zwölf Uhr
fünfundzwanzig getrieben hat. Er behauptet, die Marylebone Road entlanggegangen zu sein, aber nachzu-
weisen ist nur, daß er sich um ein Uhr fünf in einer
Kneipe aufhielt. Und der Kellner sagt, er sei in einem
furchtbaren Zustand gewesen – mit zitternden Händen und leichenblassem Gesicht!«

Hercule Poirot schüttelte seufzend den Kopf. »Es läßt
sich nicht mit meiner Theorie vereinbaren«, murmelte
er.

»Wie ist denn Ihre Theorie?«

»Was Sie mir erzählen, ist sehr verwirrend. Wirklich
äußerst verwirrend. Denn verstehen Sie: Wenn Sie
recht haben . . .«

Die Tür ging leise auf, und George flüsterte respektvoll: »Verzeihen Sie, Monsieur, aber . . .«

Weiter kam er nicht. Miss Gladys Nevill schob ihn bei-
seite und betrat aufgeregt das Zimmer. Sie schluchzte:
»Oh, M. Poirot . . .«

»Ich muß jetzt leider gehen«, brummte Japp und
drückte sich hastig hinaus.

155

Gladys Nevill zollte seiner Rückseite den Tribut eines haßerfüllten Blickes.

»Das ist ja dieser gräßliche Inspektor von Scotland Yard, der alle die Lügen über den armen Frank aufgebracht hat!«

»Kommen Sie, Sie dürfen sich nicht so aufregen.«

»Aber es ist doch so! Erst wird behauptet, Frank hätte auf diesen Mr. Blunt geschossen – und damit nicht genug: Jetzt wirft man ihm auch noch den Mord an dem armen Mr. Morley vor!«

Hercule Poirot hustete: »Ich war selbst draußen in Exsham«, sagte er, »als der Schuß auf Mr. Blunt abgefeuert wurde . . .

Wie will sich Mr. Carter denn vor Gericht verteidigen?«

»Frank will beschwören, daß er überhaupt nichts getan und daß er die Pistole vorher nie gesehen hat. Er behauptet, es sei ein abgekartetes Spiel gewesen, um ihn reinzulegen.«

»Ist es wahr«, fragte Poirot, »daß er noch keine neue Stellung hatte, als er damals am Vormittag in die Queen Charlotte Street kam?«

»Also, M. Poirot – ich kann tatsächlich nicht einsehen, was das für einen Unterschied machen soll. Ob er die Stellung am Morgen oder am Nachmittag erhalten hat – darauf kommt es doch gar nicht an!«

»Aber ursprünglich sagte er doch aus, er sei gekommen, um Ihnen von seinem Glück zu berichten. Jetzt stellt sich heraus, daß der Glücksfall noch gar nicht eingetreten war. Warum also ist er in Morleys Haus gegangen?«

»Weil der arme Junge völlig niedergeschlagen und aufgelöst war – ehrlich gesagt, glaube ich, daß er sich betrunken hatte. Der arme Frank verträgt so wenig – das Trinken wird ihn aggressiv gemacht haben, und da wollte er eben Krach schlagen. Deshalb ist er in die Queen Charlotte Street gegangen, um sich mit Mr. Morley auseinanderzusetzen, denn Frank ist sehr empfindlich und war furchtbar zornig darüber, daß Mr. Morley ihn nicht anerkannte und – wie er sich ausdrückte – meine Seele vergiftete.«

»Er hatte also den Plan gefaßt, in der Sprechstunde eine Szene zu machen?«

»Ja – das war wohl seine Absicht. Natürlich war es sehr ungerecht von ihm, sich so etwas auszudenken.«

Poirot schaute die verweinte junge Blondine nachdenklich an.

»Wußten Sie, daß Frank Carter eine Pistole besaß – vielmehr zwei ganz gleiche Pistolen?«

»O nein, M. Poirot, das schwöre ich Ihnen. Und ich kann auch nicht glauben, daß es wahr ist.«

Poirot schüttelte ratlos den Kopf.

»Ach, M. Poirot, helfen Sie uns doch. Wenn ich nur wüßte, daß Sie auf unserer Seite sind . . .«

»Ich bin auf keiner Seite. Ich bin nur auf der Seite der Wahrheit.«

Nachdem Poirot das Mädchen losgeworden war, rief er Scotland Yard an. Japp war noch nicht zurück, aber Sergeant Beddas gab bereitwilligst Auskunft. Die Polizei war bis jetzt auf nichts gestoßen, wodurch bewiesen werden konnte, daß Frank Carter die Pistole vor dem Attentat in Exsham besessen hatte. Poirot legte nachdenklich den Hörer auf. Das war ein Punkt, der zu Carters Gunsten sprach. Aber es war vorläufig auch der einzige.

Beddas hatte ihm noch ein paar neue Einzelheiten der Aussage mitgeteilt, die Carter über seine Beschäftigung als Gärtner in Exsham gemacht hatte. An der Behauptung, es habe sich um einen Auftrag für den Geheimdienst gehandelt, hielt er fest. Er hatte eine Vorauszahlung und ein paar Zeugnisse über seine gärtnerische Befähigung erhalten und sich dann weisungsgemäß bei Blunts Obergärtner MacAlister um einen Posten beworben. Seine Instruktionen befahlen ihm, die Gespräche der übrigen Gärtner zu belauschen, sie nach etwaigen »roten« Neigungen auszuhorchen und selbst ein bißchen so zu tun, als sei er ein »Roter«. Den Auftrag und die Instruktionen hatte ihm eine Frau erteilt, die sich als »Q. H. 56« ausgab und ihm sagte, er sei ihr als überzeugter Antikommunist empfohlen worden. Das Gespräch hatte bei sehr schwacher Beleuchtung stattgefunden, und er hielt es für unwahrscheinlich, daß er die Frau wiedererkennen würde. Es war eine rothaarige, stark geschminkte Dame gewesen.

Poirot stöhnte. Er fühlte sich versucht, mit Mr. Barnes über die Sache zu sprechen. Mr. Barnes hatte behauptet, daß solche Dinge wirklich passierten.

Die Abendpost brachte ihm einen Brief, der ihn noch mehr verwirrte. Ein billiger Umschlag, mit ungeübter Hand beschrieben, in Hertfordshire abgestempelt. Poirot öffnete den Brief und las:

Sehr geehrter Herr, bitte verzeihen Sie, daß ich an Sie schreibe, aber ich bin sehr beunruhigt und weiß nicht, was ich tun soll. Ich möchte auf keinen Fall etwas mit der Polizei zu tun bekommen. Ich weiß, daß ich vielleicht etwas, das ich weiß, schon früher hätte sagen sollen, aber als es hieß, der Herr hat sich erschossen, dachte ich, es ist schon recht. Und ich wollte auch nicht Miss Nevills Verehrer in Schwierigkeiten bringen, obwohl ich nie geglaubt habe, daß er es getan hat. Aber jetzt lese ich in der Zeitung, daß er verhaftet worden ist, weil er auf einen andern

Herrn geschossen hat, und da muß ich es wohl sagen. Ich schreibe an Sie, weil Sie mit meinem Fräulein bekannt sind und mich neulich gefragt haben. Jetzt wünsche ich natürlich, ich hätte es Ihnen schon neulich gesagt. Aber ich hoffe, das heißt nicht, daß ich es mit der Polizei zu tun bekomme, denn das wäre mir sehr unangenehm und meiner Mutter auch. Meine Mutter ist immer sehr eigen gewesen.

Hochachtungsvoll

Agnes Fletcher.

Poirot murmelte: »Ich habe immer gewußt, daß es etwas mit einem Mann zu tun hatte. Ich habe nur auf den falschen Mann getippt – das ist alles.«

8

Das Gespräch mit Agnes Fletcher fand in Hertford statt, und zwar in einer menschenleeren Teestube; denn Agnes hatte großen Wert darauf gelegt, ihre Geschichte nicht unter dem kritischen Blick Miss Morleys erzählen zu müssen ...

»Miss Morley möchte ich nichts davon sagen, denn sie würde vielleicht meinen, ich hätte es schon längst erzählen müssen. Aber die Köchin und ich waren der Meinung, es sei nicht unsere Sache, denn wir haben ja schwarz auf weiß in der Zeitung gelesen, daß Mr. Morley sich in dem Betäubungsmittel geirrt und dann selber erschossen hat – nicht wahr?«

»Und wann haben Sie angefangen, Ihre Meinung zu ändern?«

Poirot hoffte, durch eine aufmunternde, aber nicht zu

unmittelbare Frage die versprochene Enthüllung aus Agnes herauszulocken.

Agnes erwiderte prompt: »Als ich in der Zeitung las, daß Mr. Carter auf den Herrn geschossen hat, bei dem er Gärtner war! Da dachte ich, er sei vielleicht ein bißchen verrückt, denn es gibt doch Leute, die glauben, sie würden verfolgt und seien von Feinden umringt, und zum Schluß kann man sie nicht mehr daheim behalten, sondern muß sie in eine Heilanstalt stecken. Und ich habe gedacht, Mr. Carter sei vielleicht auch so ein Irrer, denn ich habe mich erinnert, daß er immer sagte, Mr. Morley sei ein Feind und wolle ihn und Miss Nevill auseinanderbringen – aber natürlich hat sie kein Wort gegen Mr. Carter hören wollen, und das mit Recht, haben wir immer gedacht, Emma und ich, denn Mr. Carter schaut doch so gut aus und ist ein richtiger Herr, das kann man nicht leugnen. Aber natürlich hat keine von uns beiden geglaubt, daß er Mr. Morley wirklich etwas zuleide getan hat. Wir haben nur gedacht, daß es ein bißchen sonderbar war – wenn Sie verstehen, was ich meine.«

Poirot fragte geduldig: »Was war sonderbar?«

»Damals am Vormittag – an dem Vormittag, an dem sich Mr. Morley erschoß. Ich ging damals auf den Vorplatz und schaute ins Treppenhaus hinunter, weil ich wissen wollte, ob auf dem Tisch schon die Post lag.«

Agnes holte tief Atem und fuhr fort: »Und da sah ich ihn – Frank Carter, meine ich. Er stand auf halber Höhe der Treppe – unserer Treppe, meine ich – also oberhalb des Sprechzimmers. Da wartete er und schaute hinunter – und je mehr ich jetzt darüber nachdenke, desto merkwürdiger kommt mir das vor. Es war, als ob er aufmerksam gelauscht hätte – wenn Sie verstehen, was ich meine . . .«

»Um welche Zeit war das?«

»Es muß gegen halb zwölf gewesen sein. Und gerade als ich dachte, nanu, das ist doch Frank Carter, und Miss Nevill ist für den ganzen Tag fort, der wird nicht schlecht enttäuscht sein, und wie ich so überlege, ob ich nicht hinunterlaufen und ihm das sagen soll – da entschließt er sich, geht die Treppe hinunter und verschwindet in dem Gang, der zum Sprechzimmer von Mr. Morley führt. Da habe ich mir im stillen gedacht, das wird Mr. Morley aber gar nicht recht sein, und war neugierig, ob es nicht Krach geben würde. Aber gerade in dem Augenblick rief Emma nach mir, und ich ging wieder hinein. Als ich etwas später hörte, Mr. Morley habe sich erschossen, da war das natürlich ein solcher Schreck, daß ich alles andere vergaß. Erst als der Polizist wieder fort war, erzählte ich Emma, daß ich am Vormittag Mr. Carter zu Mr. Morley habe gehen sehen. Emma meinte, ich hätte es vielleicht bei der Polizei angeben sollen, aber dann beschlossen wir, noch zu warten, weil wir Mr. Carter nicht in Schwierigkeiten bringen wollten. Und als dann bei der Leichenschau herauskam, daß Mr. Morley sich bei einer Narkose geirrt und dann den Kopf verloren und sich erschossen habe, nun – da war kein Grund mehr, etwas davon zu erzählen. Aber jetzt, nachdem ich das vom Schuß auf Mr. Blunt gelesen habe, bin ich nicht schlecht erschrocken! Und im stillen habe ich mir gesagt, wenn der wirklich verrückt ist und herumgeht und auf die Leute schießt – ja, dann hat er vielleicht doch Mr. Morley erschossen!«

Ihr Blick war ängstlich, aber zugleich hoffnungsvoll auf Poirot gerichtet. Poirot gab seiner Stimme einen möglichst beruhigenden Klang. »Sie dürfen überzeugt sein, Agnes, daß Sie vollkommen recht daran getan haben, mir das zu erzählen«, sagte er.

»Also, dann fällt mir wirklich ein Stein vom Herzen.

Verstehen Sie, ich habe mir immer schon gesagt, daß ich es vielleicht hätte erzählen müssen. Und dann, nicht wahr, habe ich mich davor gefürchtet, etwas mit der Polizei zu tun zu bekommen, und was meine Mutter dazu sagen würde. Unsere Mutter ist ja immer so eigen mit uns allen gewesen.«

»Gewiß, gewiß«, sagte Poirot hastig. Von der »eigenen« Mutter wünschte er nichts mehr zu hören.

Poirot fuhr nach Scotland Yard und ließ sich bei Japp melden. Als er das Zimmer des Chefinspektors betrat, sagte er: »Ich möchte Carter sprechen.«

Japp warf ihm einen schnellen Blick zu.

»Was haben Sie vor? Aus welchem Grund wollen Sie mit Carter sprechen? Wollen Sie ihn fragen, ob er Morley tatsächlich ermordet hat?«

Zu Japps Überraschung nickte Poirot nachdrücklich.

»Ja, mein Freund, aus genau diesem Grund.«

»Und Sie glauben, daß er es Ihnen sagen wird, falls er der Täter war?«

Japp sagte es lachend. Aber Poirot blieb ernst, als er antwortete: »Ja, vielleicht wird er es mir sagen.«

Japp sah ihn unsicher an.

»Wissen Sie, Poirot, ich kenne Sie nun schon so lange – sind es zwanzig Jahre? Ja, ungefähr. Aber immer noch ist mir manchmal nicht klar, worauf Sie hinauswollen. Ich weiß, daß Sie sich über den jungen Frank Carter Flausen in den Kopf gesetzt haben. Aus irgendeinem Grund wünschen Sie nicht, daß er schuldig ist.«

Hercule Poirot schüttelte energisch den Kopf.

»Nein, nein – da irren Sie sich. Die Sache liegt umgekehrt.«

»Ich dachte, es wäre vielleicht wegen seinem Mädchen. In mancher Beziehung sind Sie ein sentimentaler alter Junge.«

162

Jetzt war Poirot ehrlich empört.

»Nicht ich bin es, der sentimental ist! Das ist eine englische Schwäche! Es ist in England, wo über liebende junge Mädchen, über sterbende Mütter und aufopferungsvolle Kinder geweint wird. Ich – ich bin logisch. Wenn Frank Carter ein Mörder ist, dann bin ich bestimmt nicht sentimental genug, um ihn mit einem netten, aber alltäglichen Mädchen verheiraten zu wollen, das ihn, falls er gehängt wird, in längstens zwei Jahren vergessen hat und einen anderen Mann findet und mit ihm glücklich wird.«

»Warum wollen Sie dann nicht glauben, daß er schuldig ist?«

»Im Gegenteil: Ich möchte sehr gern glauben, er sei schuldig.«

»Sie denken vermutlich, Sie seien auf etwas gestoßen, das mehr oder weniger schlüssig seine Unschuld beweist? Warum verschweigen Sie das dann? Sie sollten ehrliches Spiel mit uns spielen, Poirot!«

»Ich spiele ehrliches Spiel mit Ihnen. Bald, sehr bald, werde ich Ihnen Namen und Adresse einer Zeugin nennen, die für die Anklage von unschätzbarem Wert ist. Ihre Aussage dürfte den Fall Carter abschließen.«

»Ja, aber dann – ach, Sie haben mich total verwirrt. Warum wollen Sie ihn unbedingt sprechen?«

»Um selbst ganz sicher zu gehen«, sagte Hercule Poirot.

Und mehr war nicht aus ihm herauszubringen.

Frank Carter, hohlwangig, blaß und immer noch leicht prahlerisch, sah den unerwarteten Besucher mit unverhohlener Abneigung an.

»Also Sie sind es, Sie verdammter kleiner Ausländer? Was wollen Sie von mir?«

»Ich wollte Sie sehen und mit Ihnen sprechen.«

»Nun, sehen können Sie mich ja jetzt. Aber sprechen

werde ich nicht. Jedenfalls nicht ohne meinen Anwalt. Das ist mein gutes Recht, nicht wahr? Dagegen können Sie nichts machen. Ich habe das Recht, jede Aussage zu verweigern, wenn mein Anwalt nicht dabei ist.«

»Gewiß haben Sie dieses Recht. Wenn Sie wollen, können Sie ihn kommen lassen – aber es wäre mir lieber, Sie täten es nicht.«

»Das kann ich mir denken. Sie wollen mich wohl in irgendeine Falle locken, oder?«

»Vergessen Sie nicht, daß wir ganz allein sind.«

»Gerade das kommt mir ein bißchen ungewöhnlich vor. Möchte wetten, daß Ihre Freunde von der Polizei mithören.«

»Da sind Sie im Irrtum. Es handelt sich um ein ganz privates Gespräch zwischen uns beiden.«

Frank Carter stieß ein unangenehmes, schlaues Lachen aus.

»Hören Sie auf! Mit dem alten Trick können Sie mich nicht reinlegen!«

»Erinnern Sie sich an ein Mädchen namens Agnes Fletcher?«

»Nie gehört.«

»Ich glaube, Sie werden sich doch an sie erinnern, obwohl Sie wahrscheinlich nicht viel Notiz von ihr genommen haben. Sie war Stubenmädchen in der Queen Charlotte Street 58.«

»Und . . .?«

Hercule Poirot sagte langsam: »An dem Vormittag, da Mr. Morley erschossen wurde, hat diese Agnes zufällig vom obersten Stockwerk über das Treppengeländer hinuntergeschaut. Sie hat Sie – Frank Carter – wartend und lauschend auf der Treppe gesehen. Sie sah auch, daß Sie schließlich in Mr. Morleys Sprechzimmer gingen. Es zwar ziemlich genau sechsundzwanzig Minuten nach zwölf.«

Frank Carter begann heftig zu zittern. Der Schweiß brach ihm aus. Seine Blicke, tückischer denn je, irrten angstvoll hin und her. Zornig schrie er: »Das ist eine Lüge! Eine verdammte Lüge! Sie haben sie bestochen – die Polizei hat sie bestochen, damit sie gegen mich aussagt!«

»Um diese Zeit«, fuhr Hercule Poirot ruhig fort, »hatten Sie nach Ihrer eigenen Angabe das Haus bereits verlassen und gingen die Marylebone Road entlang.«

»Ja, das stimmt auch. Das Mädchen lügt. Sie kann mich nicht gesehen haben. Wenn sie mich gesehen hätte – warum hat sie es dann nicht schon längst gesagt?«

Hercule Poirot erwiderte ruhig: »Sie hat es damals sofort der Köchin gegenüber erwähnt. Beide haben sich Sorgen darüber gemacht, waren bestürzt und wußten nicht, was sie tun sollten. Als der amtliche Spruch auf Selbstmord lautete, waren sie sehr erleichtert und hielten es für unnötig, auf die Beobachtung des Stubenmädchens zurückzukommen.«

»Ich glaube kein Wort von alledem! Die beiden haben sich gegen mich verschworen, das ist alles. Ein paar dreckige, verlogene kleine . . .«

Er verlor sich in wütenden Beschimpfungen.

Hercule Poirot wartete. Als Carters Redestrom versiegte, begann Poirot von neuem zu sprechen, immer noch im gleichen ruhigen, gemessenen Ton.

»Zorn und törichte Beschimpfungen werden Ihnen nichts nützen. Die beiden Mädchen werden ihre Aussage machen, und man wird ihnen Glauben schenken. Denn, sehen Sie: Die Mädchen sprechen die Wahrheit. Agnes Fletcher hat Sie wirklich gesehen, Carter. Sie haben zur angegebenen Zeit auf der Treppe gestanden. Sie hatten das Haus nicht verlassen. Und Sie sind in Morleys Sprechzimmer gegangen.«

Nach einer Pause fragte er: »Und was war dann?«

»Ich sage Ihnen doch: Es ist alles erlogen!«

Hercule Poirot fühlte sich sehr müde – sehr alt. Frank Carter gefiel ihm nicht. Er mißfiel ihm sogar aufs äußerste. Nach seiner Meinung war Frank Carter ein brutaler Bursche, ein Lügner, ein Schwindler – ein Individuum, ohne das die Welt sehr gut auskommen konnte. Er, Hercule Poirot, brauchte sich nur still zu verhalten und diesen jungen Mann weiter seine Lügen erzählen lassen – dann würde die Erde bald einen ihrer unerfreulichsten Bewohner los sein.

Hercule Poirot sagte: »Ich schlage vor, daß Sie mir die Wahrheit sagen.«

Worum es in diesem Kampf ging, war ihm durchaus klar. Frank Carter war dumm, aber immerhin schlau genug, zu erkennen, daß hartnäckiges Leugnen seine beste und sicherste Taktik war. Hatte er einmal zugegeben, das Sprechzimmer sechsundzwanzig Minuten nach zwölf betreten zu haben, dann befand er sich in höchster Gefahr. Denn nach diesem Eingeständnis mußte er befürchten, daß alles, was er noch erzählte, mit großer Wahrscheinlichkeit als Lüge betrachtet würde. Er sollte also ruhig beim Leugnen bleiben. In diesem Fall war Hercule Poirots Aufgabe erledigt. Frank Carter würde höchstwahrscheinlich als Mörder Henry Morleys gehängt werden. Hercule brauchte nur aufzustehen und hinauszugehen.

Frank Carter wiederholte: »Es ist alles gelogen!«

Eine Pause entstand. Hercule Poirot stand nicht auf und ging nicht hinaus. Er hätte es gern getan, sehr gern. Trotzdem blieb er. Er beugte sich vor. In seiner Stimme lag die bezwingende Kraft seiner starken Persönlichkeit, als er sagte: »Ich lüge nicht, Carter. Ich bitte Sie, mir zu glauben. Wenn Sie Morley nicht umgebracht haben, dann besteht Ihre einzige Chance darin, mir die volle Wahrheit zu gestehen.«

Das unehrliche, charakterlose Gesicht ihm gegenüber zuckte und verriet Unsicherheit. Frank Carter zupfte sich an der Lippe. Seine Augen irrten hin und her: die Augen eines geängstigten, in die Enge getriebenen Tieres. Es ging jetzt auf Biegen oder Brechen.

Und plötzlich, überwältigt von der Stärke der Persönlichkeit des Gegners, gab Frank Carter den Kampf auf. Er sagte mit heiserer Stimme: »Also gut – ich will es Ihnen erzählen. Aber Gott soll Sie strafen, wenn Sie mich betrügen! Ich bin hineingegangen. Ich ging die Treppe hinauf und habe gewartet, bis ich sicher war, ihn allein zu treffen. Habe dort gestanden, oberhalb von Morleys Etage. Dann ist einer herausgekommen und die Treppe hinuntergegangen – so ein Dicker. Ich habe noch eine Weile überlegt, ob ich jetzt hineingehen sollte – da ist noch einer aus dem Sprechzimmer herausgekommen und hinuntergegangen. Dann bin ich los und ohne anzuklopfen reingegangen. Ich war fest entschlossen, es mit ihm auszufechten. Mich mit Dreck zu bewerfen, meine Braut gegen mich aufhetzen – verdammt noch einmal . . .« Er brach ab.

»Ja?« sagte Hercule Poirot, und seine Stimme klang drängend – zwingend.

Carters Stimme wurde zu einem Krächzen.

»Und da lag er vor mir – tot! Das ist die Wahrheit – ich schwöre es! Hat dagelegen, genau wie es bei der Leichenschau ausgesagt worden ist. Ich habe es zuerst nicht glauben können – habe mich über ihn gebeugt. Aber er war mausetot. Seine Hand war eiskalt, und ich habe den Einschuß im Kopf gesehen, mit einer Blutkruste drum herum . . .«

Bei der Erinnerung daran brach ihm von neuem der Schweiß aus.

»Da habe ich gemerkt, daß ich in der Tinte saß. Daß man sagen würde, ich hätte es getan. Ich hatte nichts

167

berührt außer seiner Hand und der Türklinke. Die Türklinke habe ich auf beiden Seiten mit dem Taschentuch
abgerieben, und dann habe ich mich so schnell als
möglich die Treppe hinuntergeschlichen... In der
Halle war niemand, und so bin ich zur Haustür hinaus
und habe mich aus dem Staube gemacht. Kein Wunder, daß ich elend ausgesehen habe.« Er hielt inne.
Seine Augen waren angstvoll auf Poirot gerichtet.
»Das ist die Wahrheit. Ich schwöre, daß es die Wahr-
heit ist. Er war schon tot, als ich ins Zimmer kam. Sie
müssen mir glauben!«
Poirot erhob sich. Seine Stimme klang müde und unlu-
stig, als er sagte: »Ich glaube Ihnen.«
Er ging zur Tür.
Frank Carter rief: »Man wird mich hängen, wenn man
erfährt, daß ich im Sprechzimmer war!«
»Sie haben sich vor dem Galgen gerettet, indem Sie die
Wahrheit gesagt haben«, antwortete Poirot.
»Nein, nein – man wird behaupten...«
Poirot unterbrach ihn.
»Ihr Bericht hat bestätigt, was ich bereits als Wahrheit
erkannt hatte. Sie können jetzt alles weitere mir über-
lassen.«
Er ging hinaus. Er fühlte sich keineswegs glücklich.

Um sechs Uhr fünfundvierzig langte Poirot bei Mr.
Barnes in Ealing an. Barnes arbeitete in seinem Garten.
Er betrachtete seinen Gast sinnend und meinte: »Sie
sehen nicht sehr gut aus, M. Poirot.«
»Manchmal«, murmelte Poirot, »gefallen mir die
Dinge nicht, die ich tun muß.«
Mr. Barnes nickte teilnahmsvoll. »Ich kenne das!«
sagte er.
Hercule Poirot ließ seinen Blick über die sorgfältig an-
geordneten kleinen Beete schweifen und murmelte:

168

»Er ist gut angelegt, dieser Garten. Alles hat die richtigen Proportionen. Klein, aber exakt.«

»Wenn man nur wenig Raum hat, muß man ihn gründlich nutzen. Man kann es sich dann nicht leisten, Fehler in der Anlage zu begehen«, erklärte Barnes.

Poirot nickte.

Barnes fuhr fort: »Ich sehe, daß Sie Ihren Mann erwischt haben?«

»Frank Carter?«

»Ja. Ich bin eigentlich sehr überrascht.«

»Sie hatten nicht gedacht, daß es – sozusagen ein privater Mord war?«

»Offen gestanden: nein. Amberiotis – Alistair Blunt – ich war überzeugt, daß es sich um eine Fehde zwischen Spionage und Abwehr handelte.«

»Das ist die Auffassung, die Sie mir bei unserer ersten Begegnung auseinandergesetzt haben.«

»Ich weiß. Ich habe damals mit aller Bestimmtheit an diese Auffassung geglaubt.«

Poirot sagte langsam: »Aber Sie haben sich getäuscht.«

»Ja. Das Schlimme ist, daß man immer von seinen eigenen Erfahrungen ausgeht. Ich habe so viel mit diesen Spionagedingen zu tun gehabt, daß ich sie überall anzutreffen erwarte.«

»Sie haben«, sagte Poirot, »doch sicher schon einmal gesehen, wie ein Taschenspieler jemanden aus dem Publikum eine Karte ziehen läßt? Wie er der betreffenden Person die Karte aufzwingt?«

»Ja, natürlich.«

»Genau das ist hier geschehen. Jedesmal, wenn einem ein persönlicher Grund für Morleys Ermordung einfällt, wird einem – eins, zwei, drei – die Karte aufgezwungen. Amberiotis, Alistair Blunt, die unsichere

169

politische Lage des Landes . . .« Er zuckte die Achseln. »Und was Sie betrifft, Mr. Barnes, so haben Sie mich mehr als alle anderen in die Irre geführt.«

»Das tut mir aufrichtig leid. Wahrscheinlich haben Sie recht.«

»Bei Ihnen durfte man eine genaue Kenntnis der Situation voraussetzen, verstehen Sie? Deshalb hatte Ihre Meinung Gewicht.«

»Nun – von dem, was ich gesagt habe, war ich ehrlich überzeugt. Das ist das einzige, was ich zu meiner Entschuldigung vorbringen kann.«

Er machte seufzend eine Pause.

»Und in Wirklichkeit war das Mordmotiv ein ganz persönliches?«

»Jawohl. Ich habe lange Zeit gebraucht, um es zu entdecken – obwohl ich in einem bestimmten Punkt entschieden Glück gehabt habe.«

»Worin bestand dieses Glück?«

»In dem Bruchstück eines Gesprächs. Ein äußerst aufschlußreiches Bruchstück – wenn ich nur seine Bedeutung gleich erkannt hätte!«

Mr. Barnes rieb sich mit dem Spatenstiel nachdenklich die Nase. »Sie tun sehr geheimnisvoll«, sagte er freundlich.

Hercule Poirot erwiderte achselzuckend: »Vielleicht bin ich etwas gekränkt, daß Sie mir gegenüber nicht offen waren.«

»Ich?«

»Jawohl.«

»Mein Lieber – ich hatte nicht die geringste Ahnung, daß Carter der Täter ist. Soweit ich informiert war, hatte er das Haus lange vor Morleys Tod verlassen. Wahrscheinlich ist jetzt festgestellt worden, daß er sich zur kritischen Zeit noch im Hause aufhielt?«

»Carter war um zwölf Uhr sechsundzwanzig noch im

Hause. Er hat den Mörder mit eigenen Augen gese-
hen«, sagte Poirot.
»Dann ist also Carter nicht . . .«
»Ich sage Ihnen doch: Carter hat den Mörder gesehen.«
»Hat – hat er ihn – erkannt?«
Poirot schüttelte langsam den Kopf.

9

Am folgenden Tag verbrachte Poirot einige Stunden
mit einem Theateragenten aus seiner Bekanntschaft.
Nachmittags fuhr er nach Oxford. Am Tag darauf
machte er eine Autotour über Land und kam spät zu-
rück.
Vor der Abfahrt hatte er mit Alistair Blunt telefoniert
und ein Treffen für den Abend verabredet.
Es war halb zehn, als er im Gotischen Haus anlangte. Er
ließ sich zu Blunt führen, der allein in der Bibliothek
saß.
Blunt schüttelte seinem Besucher die Hand und warf
ihm einen fragenden Blick zu.
»Nun?«
Hercule Poirot nickte langsam.
Blunt sah ihn mit ungläubiger Bewunderung an.
»Sie haben sie gefunden?«
»Ja, ich habe sie gefunden.«
Er setzte sich und seufzte.
Alistair Blunt fragte: »Sind Sie müde?«
»Ja, ich bin müde. Und was ich Ihnen zu sagen habe – ist
nicht angenehm.«
»Ist sie tot?«
»Das hängt davon ab«, antwortete Poirot langsam, »wie
Sie die Sache betrachten . . .«

Blunt sagte stirnrunzelnd: »Mein lieber Mann – ein Mensch muß doch entweder tot oder lebendig sein. Eines von beiden muß also auch auf Miss Sainsbury Seale zutreffen, oder?«

»Ja – aber wer ist Miss Sainsbury Seale?«

»Meinen Sie damit, daß diese Person – gar nicht existiert?« fragte Blunt zögernd.

»Nein, nein: Sie hat existiert. Sie hat in Kalkutta gewohnt, gab Sprachunterricht, war wohltätig, und auf der ›Maharanah‹ kam sie nach England. Sie war auf demselben Schiff, das auch Mr. Amberiotis benutzte. Obschon sie nicht in der gleichen Klasse reisten, hat er ihr einen kleinen Dienst erwiesen – es drehte sich um ihr Gepäck. In Kleinigkeiten scheint er ein hilfsbereiter Mensch gewesen zu sein. Und manchmal, Mr. Blunt, macht sich Hilfsbereitschaft in unerwarteter Weise bezahlt. So erging es auch Mr. Amberiotis. Der Zufall wollte, daß er die Dame in London auf der Straße wiedertraf. Er war in Geberlaune und lud sie zum Mittagessen ins Savoy ein. Das war ein unerwartetes Fest für sie – und für Mr. Amberiotis ein unerwarteter Glücksfall! Denn seiner Gutmütigkeit lag keinerlei Berechnung zugrunde – er hatte keine Ahnung, daß diese verwelkte, ältliche Dame ihm ein Geschenk machen würde, das für ihn einer Goldgrube gleichkam. Und doch tat sie das – freilich ohne es zu wissen.

Sie war nicht besonders helle, verstehen Sie. Eine brave, gutmütige Haut, aber mit der Intelligenz – sagen wir – einer Henne.«

Blunt fragte: »Dann ist die Chapman also nicht von ihr umgebracht worden?«

Poirot sagte langsam: »Ich weiß nicht recht, wie ich den Fall darstellen soll. Ich werde, glaube ich, dort anfangen, wo er für mich begonnen hat. Mit einem Schuh!«

172

Blunt fragte verständnislos: »Mit einem Schuh?«

Poirot nickte. »Ja, mit einem Schnallenschuh. Ich kam von der Behandlung beim Zahnarzt, und als ich auf den Stufen des Hauses Queen Charlotte Street 58 stand, hielt ein Taxi, und ich sah den Fuß der Frau, die im Begriff war auszusteigen. Ich gehöre zu den Männern, die sich Fuß und Knöchel bei einer Frau ansehen. Es war ein wohlgeformter Fuß mit schlanker Fessel und einem teuren Strumpf – aber der Schuh gefiel mir nicht. Es war ein neuer, glänzender Lackschuh mit einer großen, verzierten Schnalle. Nicht schick – gar nicht schick!

Und während ich diese Beobachtungen anstellte, kam der restliche Teil der Frau zum Vorschein. Das war, offen gesagt, eine Enttäuschung: eine angejahrte Dame ohne Charme und schlecht angezogen.«

»Miss Sainsbury Seale?«

»Sehr richtig. Bei ihrem Aussteigen ereignete sich ein kleiner Unglücksfall: Die Schnalle ihres einen Schuhs verfing sich in der Tür des Taxis und wurde abgerissen. Ich hob die Schnalle auf und gab sie ihr zurück. Das war alles. Der Zwischenfall war abgeschlossen.

Im weiteren Verlauf des gleichen Tages suchte ich mit Chefinspektor Japp die Dame auf, um ihr verschiedene Fragen zu stellen – übrigens hatte sie da die Schnalle noch nicht wieder angenäht. Am selben Abend verließ Miss Sainsbury Seale ihr Hotel und verschwand spurlos. Bis dahin, wollen wir sagen, reicht der erste Teil.

Der zweite Teil begann, als Chefinspektor Japp mich in die King Leopold Mansions kommen ließ. In einer der Wohnungen stand eine Pelztruhe, und in dieser Pelztruhe war eine Leiche gefunden worden. Das erste, was ich sah, als ich an die Truhe trat, war – ein abgetragener Schnallenschuh!«

»Nun?«

173

»Sie haben den springenden Punkt nicht ganz erfaßt: Es war ein abgetragener Schuh, ein Schuh, der schon längere Zeit in Gebrauch gewesen war. Nun bedenken Sie aber: Miss Sainsbury Seale war am Abend des gleichen Tages in die King Leopold Mansions gekommen – des Tages, an dem Morley ermordet worden war. Am Morgen waren die Schuhe neu gewesen – am Abend waren sie alt. Sie verstehen – man kann ein Paar Schuhe nicht in einem einzigen Tage abtragen.«

Alistair Blunt bemerkte ziemlich gleichgültig: »Wahrscheinlich hat sie zwei Paar besessen.«

»Ah – aber gerade das war nicht der Fall. Japp und ich hatten ihr Zimmer im Glengowrie Court Hotel durchsucht und keine Schnallenschuhe gefunden. Ja, sie hätte ein Paar alte Schuhe besitzen und nach einem anstrengenden Tag am Abend anziehen können – aber dann hätten wir das neue Paar im Hotel vorfinden müssen, nicht wahr? Sie werden zugeben, daß das Fehlen des zweiten Paars ein auffallender Umstand war.«

Blunt sagte mit schwachem Lächeln: »Ich kann nicht einsehen, daß es so wichtig gewesen sein soll.«

»Nein – wichtig nicht, aber es stört mich, wenn ich mir etwas nicht erklären kann. Ich stand vor der Pelztruhe und betrachtete den Schuh – die Schnalle war erst kürzlich mit der Hand angenäht worden. Ich will zugeben, daß in mir in diesem Augenblick Zweifel aufstiegen. Zweifel an mir selbst. Ja, sagte ich mir im stillen, Hercule Poirot, vielleicht warst du an diesem Morgen etwas leichtsinnig. Du hast die Welt durch eine rosa Brille gesehen. Sogar die alten Schuhe sind dir neu vorgekommen!«

»Vielleicht war das tatsächlich die richtige Erklärung?«

»Aber nein, keineswegs. Meine Augen täuschen mich nicht! Weiter: Ich untersuchte die Leiche, und was ich sah, gefiel mir gar nicht. Warum war das Gesicht mit

Absicht brutal verstümmelt und unkenntlich gemacht worden . . .?«

Alistair Blunt rückte unruhig hin und her.

»Müssen wir das alles noch einmal durchgehen? Wir wissen doch schon . . .«

Hercule Poirot entgegnete mit fester Stimme: »Es ist notwendig. Ich muß mit Ihnen alle Phasen des Weges durchgehen, der mich schließlich zur Lösung geführt hat. Ich sagte mir: ›Hier stimmt etwas nicht. Da liegt eine tote Frau in der Kleidung der Sainsbury Seale – ausgenommen vielleicht die Schuhe? – und daneben die Handtasche der Sainsbury Seale: Und warum hat man ihr Gesicht so zugerichtet, daß es nicht zu erkennen ist? Etwa, weil das Gesicht nicht das von Miss Sainsbury Seale ist?‹ Und sofort beginne ich alles zusammenzutragen, was ich über die Erscheinung der anderen Frau – der Frau, der die Wohnung gehört – erfahren habe, und ich frage mich: Ist es nicht möglicherweise die andere Frau, die da tot vor mir liegt? Dann gehe ich und schaue mir das Schlafzimmer der anderen Frau an. Ich versuche mir auszumalen, um was für eine Art Frau es sich handelt. Oberflächlich betrachtet, scheint sie sich von der Seale sehr zu unterscheiden. Elegant, auffallend angezogen, stark zurechtgemacht. Aber in den wesentlichen Zügen ihr nicht unähnlich: Haar, Körperbau, Alter. Ein Unterschied ist jedoch vorhanden: Mrs. Albert Chapman hatte Schuhgröße fünf, während Miss Sainsbury Seale, wie ich wußte, Strümpfe Nummer zehn trug, also wenigstens Schuhgröße sechs hatte. Mrs. Chapman besaß also kleinere Füße als Mrs. Sainsbury Seale. Ich ging zu der Leiche zurück. Wenn meine halbgare Theorie stimmte und daß die Leiche von Mrs. Chapman in Miss Sainsbury Seales Kleidern war, dann mußten ihr die Schuhe zu groß sein. Ich ergriff einen der Schuhe – aber er saß

175

fest. Das sah also aus, als sei es doch die Leiche von Miss Sainsbury Seale! Aber warum war dann das Gesicht verstümmelt? Ihre Identität war doch schon durch die Handtasche bewiesen, die man leicht hätte entfernen können, aber nicht entfernt hatte.

Es war ein Rätsel – ein höchst verwickeltes Rätsel. In meiner Verzweiflung stürzte ich mich auf Mrs. Chapmans Adreßbuch: Ein Zahnarzt war der einzige Mensch, der mit Bestimmtheit feststellen konnte, wer die tote Frau war – oder nicht war. Zufällig war Mrs. Chapmans Zahnarzt Mr. Morley. Morley war tot, aber die Identifizierung ließ sich trotzdem ermöglichen. Sie kennen das Ergebnis. Die Leiche wurde bei der Totenschau durch Mr. Morleys Nachfolger als diejenige von Mrs. Albert Chapman identifiziert.«

Blunt verriet Zeichen der Ungeduld, aber Poirot beachtete sie nicht. Er fuhr fort: »Nun stand ich vor einem psychologischen Problem. Was für eine Art Frau war Mabelle Sainsbury Seale? Auf diese Frage gab es zwei Antworten. Die erste war die nächstliegende, die durch Mabelles ganzes Leben in Indien und durch das Zeugnis ihrer persönlichen Bekannten gegeben wurde. Danach war sie ein gewissenhaftes, ernstes, etwas törichtes Wesen. Gab es noch eine andere Sainsbury Seale? Anscheinend ja. Es gab die Frau, die mit einem bekannten ausländischen Agenten zu Mittag aß; die Frau, die Sie, Mr. Blunt, unter der offensichtlich falschen Vorspiegelung, sie sei eine enge Freundin Ihrer Frau gewesen, auf der Straße ansprach; die Frau, die Morleys Haus verließ, unmittelbar bevor dort ein Mord begangen wurde; die Frau, die eine andere just an dem Abend besuchte, an dem diese höchstwahrscheinlich ermordet wurde; die Frau, die seither verschwunden war, obwohl die gesamte Polizeimacht Englands nach ihr suchte. Ließen sich alle diese Hand-

176

lungen mit dem Leumund vereinbaren, den ihre Freunde ihr ausstellten? Anscheinend doch nicht. Wenn also Miss Sainsbury Seale nicht das gute, liebenswerte Geschöpf war, als das sie erschien, dann war sie möglicherweise eine kaltblütige Mörderin oder zumindest Helfershelferin.

Noch etwas stand mir zur Verfügung: mein eigener persönlicher Eindruck. Ich hatte selbst mit Mabelle Sainsbury Seale gesprochen. Wie hatte sie auf mich gewirkt? Und auf diese Frage, Mr. Blunt, war die Antwort am schwersten zu finden. Alles, was sie gesagt hatte, ihre Sprechweise, ihr Auftreten, ihre Bewegungen – alles entsprach völlig der Persönlichkeit, als die sie uns geschildert worden war.

Aber gleichzeitig paßte all das ebensogut auf eine geschickte Schauspielerin, die sich in eine bestimmte Rolle hineingelebt hat. Und schließlich hatte ja Mabelle Sainsbury Seale ihre Laufbahn als Schauspielerin begonnen! Stark beeindruckt war ich von einem Gespräch, das ich mit Mr. Barnes aus Ealing führte – auch er war an dem betreffenden Tag in der Queen Charlotte Street zur Behandlung gewesen. Seine Theorie, die er sehr nachdrücklich vertrat, ging dahin, daß die Morde an Morley und Amberiotis sozusagen nur Randerscheinungen waren, und daß Sie, Mr. Blunt, das beabsichtigte Opfer darstellten.«

»Ach, gehen Sie, das ist doch ein bißchen weit hergeholt!« meinte Alistair Blunt wegwerfend.

»Wirklich, Mr. Blunt? Stimmt es nicht, daß es augenblicklich mehrere politische Gruppen gibt, für die es eine Existenzfrage ist, daß Sie – sagen wir – beseitigt werden?«

»Ja, das ist schon richtig. Aber was soll das mit der Ermordung Morleys zu tun haben?«

»Dieser Fall weist einen bestimmten – wie soll ich mich

ausdrücken – verschwenderischen Zug auf. Die Kosten spielen keine Rolle – auch Menschenleben spielen keine Rolle. Ja, wir stehen hier vor einer Kühnheit und Rücksichtslosigkeit, die auf ein wahrhaft großes Verbrechen hindeuten!«

»Sie glauben also nicht, daß sich Morley wegen eines Irrtums erschossen hat?«

»Ich habe das nie geglaubt – keine Sekunde lang. Nein: Morley wurde ermordet, Amberiotis wurde ermordet, die unkenntlich gemachte Frau wurde ermordet. Und warum? Um eines bestimmten hohen Einsatzes willen. Barnes neigte zu der Theorie, man habe versucht, Morley oder seinen Partner zu bestechen, Sie aus dem Weg zu räumen.«

»Unsinn!« sagte Alistair Blunt scharf.

»Ah – ist es wirklich Unsinn? Nehmen wir an, es soll jemand aus dem Weg geräumt werden. Ja, aber der Betreffende ist gewarnt, gewappnet, und man kommt schwer an ihn heran. Um einen solchen Menschen umzubringen, muß man es so einrichten, daß man zu ihm gelangt, ohne seinen Verdacht zu erregen. Wäre das Sprechzimmer des Zahnarztes dafür nicht der ideale Ort?«

»Ja, das dürfte stimmen. Von dieser Seite habe ich die Sache noch nie betrachtet.«

»Sicher stimmt es. Und als mir das aufgegangen war – da sah ich zum ersten Mal einen Schimmer der Lösung vor mir.«

»Sie haben sich also die Theorie des Mr. Barnes zu eigen gemacht? Wer ist übrigens dieser Barnes?«

»Barnes war Reillys Zwölf-Uhr-Patient. Er ist pensionierter Beamter des Innenministeriums und wohnt in Ealing. Ein unauffälliger kleiner Mann. Aber Sie irren sich, wenn Sie sagen, ich hätte mir seine Theorie zu eigen gemacht. Das habe ich nicht getan. Ich habe mir nur ihr Prinzip zu eigen gemacht.«

»Was meinen Sie damit?«

»Von Anfang an bin ich immer wieder vom richtigen Weg abgedrängt worden – manchmal unbeabsichtigt, manchmal bewußt und zu einem bestimmten Zweck. Dauernd wurde mir eingeredet, ja aufgezwungen, es handle sich hier um ein sozusagen öffentliches Verbrechen. Das heißt: Sie, Mr. Blunt, standen als öffentliche Erscheinung im Brennpunkt der Geschehnisse – Sie, der Bankier, der Finanzmagnat, der Verfechter der konservativen Ideen! Aber jede Person des öffentlichen Lebens hat auch ihr Privatleben. Und das war mein Fehler: Ich vergaß das Privatleben. Es gab private Gründe für die Ermordung Morleys – Frank Carter besaß zum Beispiel solche Gründe. Es konnte auch private Gründe dafür geben, Sie zu ermorden, Mr. Blunt. Sie hatten Angehörige, die bei Ihrem Tod erben würden. Es gab Leute, die Ihnen Liebe oder Haß entgegenbrachten – und zwar dem Menschen, nicht dem Politiker.

Und so gelangte ich zu dem klassischen Fall dessen, was ich die ›aufgezwungene Karte‹ nenne: zu dem angeblichen Attentat Frank Carters auf Sie. War dieses Attentat echt, dann handelte es sich wirklich um ein politisches Verbrechen. Oder gab es eine andere Erklärung dafür? Es konnte sie geben. Im Gebüsch befand sich noch jemand: der Mann, der herbeieilte und Carter packte. Ein Mann, der mit Leichtigkeit den Schuß abgefeuert und dann die Pistole Carter vor die Füße geschleudert haben konnte, so daß dieser sie fast unvermeidlich aufheben und damit ertappt werden mußte.

Ich dachte über das Problem Howard Raikes nach. Raikes befand sich an dem kritischen Vormittag in der Queen Charlotte Street. Raikes ist ein erbitterter Geg-

179

ner alles dessen, was Sie, Mr. Blunt, verkörpern und sind. Ja, aber Raikes ist noch mehr: Er ist der Mann, den Ihre Nichte wahrscheinlich heiraten wird, und Ihre Nichte soll bei Ihrem Tod ein beträchtliches Vermögen erben, wenn Sie auch vorsichtig dafür gesorgt haben, daß sie das Kapital nicht angreifen kann.

War das Ganze schließlich doch ein privates Verbrechen – ein Verbrechen um privater Vorteile, um privater Ziele willen? Warum hatte ich es für ein öffentliches Verbrechen gehalten? Weil mir dieser Gedanke – nicht nur einmal, sondern wiederholt – suggeriert und wie eine Spielkarte, die ich unbedingt ziehen sollte, aufgezwungen worden war!

Als mir dieser Einfall gekommen war, sah ich, wie gesagt, zum ersten Mal einen Schimmer der richtigen Lösung. Ich war damals in der Kirche und sang einen Psalm: ›und stellen mir Fallen an den Weg‹, hieß es darin.

Eine Falle? Für mich gestellt? Ja, das konnte sein. Aber dann gab es nur einen einzigen Menschen, der sie gestellt haben konnte. Und das wäre doch widersinnig gewesen! Oder war es nicht widersinnig? Hatte ich den Fall bisher aus der verkehrten Perspektive betrachtet? Geld spielt keine Rolle? Natürlich! Rücksichtslose Opferung von Menschenleben? Jawohl, richtig! Denn der Einsatz, um den es für den Schuldigen ging, war riesengroß . . .

Aber wenn meine neue, sonderbare Theorie stimmte, dann mußte sie sich nicht nur auf vereinzelte Punkte anwenden lassen, sondern auf alles. Sie mußte beispielsweise das Geheimnis der gespaltenen Persönlichkeit von Miss Sainsbury Seale erklären. Sie mußte das Rätsel des Schnallenschuhs lösen. Und sie mußte die Frage beantworten: Wo befindet sich Miss Sainsbury Seale jetzt?

180

Eh bien – meine Theorie erfüllt alle diese Wünsche, und noch mehr. Sie zeigte mir, daß Miss Sainsbury Seale Anfang, Mitte und Ende des ganzen Falles bildet. Kein Wunder, daß ich geglaubt hatte, es gebe zwei Mabelle Sainsbury Seales. Es gab tatsächlich zwei solche Frauen. Die eine war die liebe, gute, dumme Person, für die ihre Freunde so warm eintraten. Und die andere war die Frau, die in zwei Mordfälle verwickelt war, Lügen erzählte und auf geheimnisvolle Weise verschwand. Denken Sie daran: Der Portier der King Leopold Mansions hat ausgesagt, Miss Sainsbury Seale sei vorher schon einmal dagewesen . . .

In meiner Rekonstruktion des Falles wurde dieses erste Mal zum einzigen Mal. Sie hat die King Leopold Mansions nicht wieder verlassen. Ihre Rolle wurde von der andern Miss Sainsbury Seale weitergespielt. Diese andere Mabelle Sainsbury Seale zog sich entsprechende Kleider an, trug ein neues Paar Schnallenschuhe, weil die anderen ihr zu groß waren, ging zu einer belebten Tageszeit in das Hotel am Russell Square, packte die Sachen der Toten, bezahlte die Rechnung und zog ins Glengowrie Hotel. Denken Sie daran, daß niemand von den Bekannten der echten Sainsbury Seale sie von da an gesehen hat. Dort spielte sie die Rolle Mabelle Sainsbury Seales über eine Woche lang. Sie trug Mabelle Sainsbury Seales Kleider, sprach mit deren Organ, aber sie mußte sich auch ein kleineres Paar Schuhe kaufen. Und dann verschwand sie: Zum letztenmal wurde sie gesehen, als sie am Abend von Morleys Todestag wiederum die King Leopold Mansions aufsuchte.«

»Wollen Sie behaupten«, fragte Alistair Blunt, »daß die Leiche in der Pelztruhe schließlich doch Mabelle Sainsbury Seale war?«

»Natürlich war sie es! Es handelte sich um einen sehr

geschickten doppelten Bluff: Das verstümmelte Gesicht sollte Zweifel an ihrer Identität wecken!«

»Aber das Gebiß?«

»Ah! Darauf kommen wir jetzt. Es war nicht ihr Zahnarzt persönlich, der über das Gebiß ausgesagt hat. Morley war tot und konnte über seine Arbeit keine Auskunft mehr geben. Er hätte bestimmt gewußt, wer die Leiche war. Statt dessen wurden die Karteikarten vorgelegt – und die Karten waren gefälscht. Bedenken Sie: Beide Frauen waren Morleys Patientinnen. Es brauchte nichts weiter zu geschehen, als daß ihre Namen auf den Karten ausgetauscht wurden.«

Hercule Poirot fügte hinzu: »Und jetzt verstehen Sie auch, warum ich auf Ihre Frage, ob die Frau tot sei, geantwortet habe: ›Das kommt darauf an, wie Sie die Sache betrachten.‹ Denn wenn Sie von Miss Sainsbury Seale sprechen – wen meinen Sie dann? Die Frau, die aus dem Glengowrie Court Hotel verschwand oder die richtige Mabelle Sainsbury Seale?«

»M. Poirot«, sagte Alistair Blunt, »ich weiß, daß Sie großes Ansehen genießen. Deshalb finde ich mich damit ab, daß Sie wahrscheinlich Ihre Gründe für diese außergewöhnliche Annahme haben – denn es ist eine Annahme, nicht mehr. Aber soweit ich sehe, ist die ganze Geschichte von einer geradezu phantastischen Unwahrscheinlichkeit. Sie behaupten, Mabelle Sainsbury Seale sei mit Vorbedacht ermordet worden, und auch Morley habe man getötet, um eine Identifizierung der Leiche durch ihn zu verhindern. Aber was ich gern wissen möchte, ist – warum? Warum soll ein derartig verwickelter Plan in Szene gesetzt worden sein, um eine vollkommen harmlose Frauensperson in mittleren Jahren zu beseitigen, die eine Menge Bekannte und anscheinend keinen einzigen Feind besaß?«

»Warum? Ja – das ist die Frage. Warum? Wie Sie sehr

richtig sagen: Mabelle Sainsbury Seale war ein vollkommen harmloses Geschöpf, das keiner Fliege etwas zuleide getan hätte! Warum also hat man sie mit Vorbedacht brutal ermordet? Nun, ich will Ihnen sagen, was ich glaube.«

»Ja?«

Hercule Poirot beugte sich vor.

»Ich glaube, daß Mabelle Sainsbury Seale ermordet worden ist, weil sie ein zu gutes Gedächtnis für Physiognomien hatte.«

»Wie meinen Sie das?«

Poirot war jetzt ganz ruhig und sachlich:

»Wir haben die beiden Persönlichkeiten voneinander geschieden: die harmlose Dame aus Indien und die geschickte Schauspielerin, die die Rolle der harmlosen Dame aus Indien spielte. Aber einen Vorfall gab es, der zwischen den beiden Erscheinungsformen lag. Welche Miss Sainsbury Seale war es, die Sie, Mr. Blunt, vor Morleys Haustür ansprach? Sie werden sich erinnern, daß sie behauptete, ›sehr befreundet mit Ihrer Frau‹ gewesen zu sein. Nach der Ansicht ihrer Bekannten und im Lichte der allgemeinen Umstände kann diese Behauptung nicht gestimmt haben. Deshalb durften wir den Schluß ziehen: ›Das war eine Lüge – die echte Sainsbury Seale lügt nicht, also handelte es sich um eine Betrügerin, die einen bestimmten Zweck verfolgte.‹«

Alistair Blunt nickte.

»Ja, diese Überlegung ist durchaus klar. Obwohl ich nie erfahren habe, welchen Zweck sie eigentlich verfolgt hat.«

»Pardon«, fuhr Poirot fort, »erst wollen wir die Sache von der anderen Seite betrachten. Es war die echte Sainsbury Seale. Diese lügt nicht. Also muß ihre Behauptung stimmen.«

»Natürlich läßt es sich auch so betrachten – aber es ist doch höchst unwahrscheinlich . . .«

»Freilich ist es unwahrscheinlich! Aber wenn wir unsere zweite Hypothese als Tatsache unterstellen, dann stimmt die Behauptung! Demnach hat Miss Sainsbury Seale Ihre Frau wirklich gekannt. Sie war sogar befreundet mit ihr. Also muß Ihre Frau jemand gewesen sein, den Miss Sainsbury Seale gut gekannt haben konnte. Ein Mensch aus der gleichen Lebenssphäre wie sie. Eine Engländerin in Indien, eine Missionarin oder – um noch weiter zurückzugreifen – vielleicht . . . eine Schauspielerin. Jedenfalls nicht Rebecca Arnholt! Verstehen Sie jetzt, Mr. Blunt, woran ich dachte, als ich von einem öffentlichen und einem privaten Leben sprach? Sie sind ein bekannter Großbankier. Aber Sie sind auch ein Mann, der eine reiche Frau geheiratet hat. Und bevor Sie diese heirateten, waren Sie bloß jüngerer Teilhaber in einer Firma, einige Zeit nach Beendigung Ihrer Studien in Oxford.

Sie begreifen: Ich begann den Fall aus der richtigen Perspektive zu betrachten. Kosten spielen keine Rolle? Natürlich nicht – für Sie. Rücksichtslose Opferung von Menschenleben? Auch das macht Ihnen nichts aus, denn Sie sind praktisch seit langer Zeit ein Diktator – und für einen Diktator wird sein eigenes Leben übertrieben wichtig und das der anderen immer unwichtiger.«

»Was wollen Sie damit sagen, Monsieur Poirot . . .?« fragte Blunt leise.

»Ich will damit sagen, Mr. Blunt, daß Sie, als Sie die Ehe mit Rebecca Arnholt schlossen, bereits verheiratet waren. Daß Sie – geblendet durch die Hoffnung weniger auf Reichtum als auf Macht – Ihre erste Ehe verschwiegen und mit Vorbedacht Bigamie getrieben haben. Und daß Ihre richtige Frau sich mit dieser

184

Situation abgefunden hat.«

»Und wer soll diese richtige Frau gewesen sein?«

»Als Mrs. Albert Chapman war sie in den King Leopold Mansions bekannt – ein bequemer Ort übrigens, zu Fuß keine fünf Minuten von Ihrem Haus am Chelsea Embankment entfernt. Sie entliehen für sie den Namen eines wirklich existierenden Geheimagenten, weil Sie wußten, daß das die Glaubwürdigkeit der Andeutungen über den ständig abwesenden Gatten erhöhen würde. Ihrer Komödie war ein voller Erfolg beschieden. Niemand schöpfte den geringsten Verdacht. Trotzdem blieb die Tatsache bestehen, daß Ihre Ehe mit Rebecca Arnholt gesetzlich ungültig war und daß Sie sich des Verbrechens der Bigamie schuldig gemacht hatten. An eine Gefahr haben Sie nach so vielen Jahren nicht gedacht. Sie kam wie ein Blitz aus heiterem Himmel – in Gestalt einer lästigen Frauensperson, die Sie nach fast zwanzig Jahren als Gatten ihrer Freundin erkannte. Der Zufall hatte sie nach England zurückgeführt, der Zufall führte sie in der Queen Charlotte Street mit Ihnen zusammen – und der Zufall wollte es, daß Ihre Nichte dabei war und hörte, was sie zu Ihnen sprach. Sonst hätte ich es wahrscheinlich nie erraten.«

»Ich habe Ihnen selbst davon erzählt, mein lieber Poirot.«

»Nein, es war Ihre Nichte, die darauf bestand, daß ich es erfahren sollte – und da konnten Sie, um keinen Verdacht zu erregen, nicht gut protestieren. Und nach diesem Zufallstreffen passierte noch ein weiteres Malheur – von Ihrem Standpunkt aus betrachtet. Mabelle Sainsbury Seale traf Amberiotis, ging mit ihm essen und erzählte ihm von dieser Begegnung mit dem Mann einer Freundin: Denken Sie nur, nach all den Jahren! Hat natürlich älter ausgesehen, aber sonst kaum verändert!‹ Ich gebe zu, daß das meinerseits bloßes Rätselraten ist – aber so ungefähr muß es sich abgespielt haben. Ich glaube nicht, daß Mabelle Sainsbury auch nur eine blasse Ahnung gehabt hat, daß es sich bei diesem Mr. Blunt, den ihre Freundin geheiratet hatte, um den großen internationalen Finanzgewaltigen handelte. Der Name ist schließlich nicht ungewöhnlich. Aber Amberiotis, müssen Sie bedenken, war nicht nur Geheimagent, sondern auch Erpresser – und Erpresser besitzen einen unheimlichen Riecher für Geheimnisse. Amberiotis überlegte. Er beschloß festzustellen, um welchen Blunt es sich handelte. Und dann – ich zweifle nicht daran – hat er Ihnen geschrieben – oder telefoniert. Ah – gewiß! Für Amberiotis war das eine Goldgrube!«

Nach einer Pause fuhr Poirot fort: »Es gibt nur eine einzige wirksame Methode, um mit einem tüchtigen und erfahrenen Erpresser fertig zu werden: Man muß ihn zum Schweigen bringen. Das Leitmotiv des Falles lautete also nicht – wie ich zunächst irrtümlich angenommen hatte –, ›Blunt muß verschwinden‹. Es lautete im Gegenteil: ›Amberiotis muß verschwinden‹. Aber die Antwort war die gleiche. Am leichtesten kommt man an ein Opfer heran, wenn es nicht auf der Hut ist. Und wo ist man weniger auf der Hut als im Behandlungsstuhl beim Zahnarzt.«

Wiederum machte Poirot eine Pause. Ein schwaches Lächeln umspielte seine Lippen, als er sagte: »Die Wahrheit über den Fall wurde schon frühzeitig erwähnt. Alfred, der Boy, las einen Kriminalroman, der ›Mord Viertel vor zwölf‹ hieß. Wir hätten den Titel als einen Wink des Himmels nehmen sollen. Denn das war natürlich ungefähr der Zeitpunkt, an dem Morley umgebracht wurde. Sie, Mr. Blunt, erschossen ihn, als Sie fortgingen. Dann drückten Sie auf den Klingelknopf, ließen Wasser ins Waschbecken laufen und verließen das Sprechzimmer. Sie richteten es so ein, daß Sie die Treppe gerade hinunterkamen, als Alfred die falsche Mabelle Sainsbury Seale zum Aufzug brachte. Sie öffneten die Haustür, vielleicht traten Sie sogar zum Schein einen Augenblick hinaus, aber als sich die Aufzugstüren geschlossen hatten und der Lift nach oben fuhr, schlüpften Sie wieder hinein und rannten die Treppe hinauf. Von meinen eigenen Besuchen her weiß ich, wie Alfred sich zu verhalten pflegte, wenn er einen Patienten ins Sprechzimmer führte. Er klopfte an die Tür, machte sie auf und trat zurück, um den Patienten eintreten zu lassen. Aus dem Sprechzimmer hörte man Wasser rauschen – Schlußfolgerung: Morley wusch sich, wie üblich, die Hände. Aber sehen konnte Alfred ihn nicht.

Kaum war Alfred wieder im Lift hinuntergefahren, schlüpften Sie ins Sprechzimmer. Zusammen mit Ihrer Komplizin hoben Sie die Leiche auf und trugen sie nebenan ins Büro. Dann ein rasches Blättern in den Papieren: Die Karteikarten von Mrs. Chapman und Miss Sainsbury Seale wurden vertauscht. Sie zogen einen weißen Kittel an; vielleicht hat Ihre Frau Sie etwas zurechtgeschminkt. Eine eigentliche Maske zu machen war unnötig, denn es war ja Amberiotis' erster Besuch bei Morley. Er hatte Sie nie gesehen. Und Ihr Bild erscheint nur selten in der Zeitung. Außerdem – warum sollte er Verdacht schöpfen? Vor dem Zahnarzt hat ein Erpresser keine Angst. Miss Sainsbury Seale geht hinunter und wird von Alfred hinausgelassen. Die Klingel ertönt, und Amberiotis wird ins Sprechzimmer gebracht. Er trifft den Zahnarzt an, der sich in gewohnter Weise die Hände wäscht. Er wird zum Stuhl geführt und bezeichnet Ihnen den schmerzenden Zahn. Sie reden das übliche Zeug, sagen ihm, es sei das beste, das

Zahnfleisch zu vereisen. Sie nehmen das Procain und Adrenalin zur Hand, spritzen ihm eine tödliche Dosis ein. Außerdem wird er dank der lokalen Betäubung kaum merken, daß Sie kein geübter Zahnarzt sind!

Amberiotis verläßt Sie, ohne Verdacht geschöpft zu haben. Sie schaffen Morleys Leiche aus dem Büro ins Sprechzimmer und legen sie hier auf den Fußboden. Da Sie diesmal allein arbeiten müssen, lassen Sie sie etwas über den Teppich schleifen. Sie wischen die Pistole ab und drücken sie Morley in die Hand. Sie wischen die Türklinken ab, damit Ihre Fingerabdrücke nicht als die obersten erscheinen. Die Instrumente, die Sie benützt haben, liegen schon alle im Sterilisierapparat. Sie verlassen das Sprechzimmer, gehen die Treppe hinunter und schlüpfen im geeigneten Moment aus dem Haus. Das ist für Sie der einzige gefährliche Augenblick.

Alles hätte so wunderbar laufen können! Zwei Menschen, die Ihre Sicherheit bedroht hatten, waren tot. Noch ein dritter Mensch war tot – aber das war von Ihrem Standpunkt aus unvermeidlich gewesen. Und alles war so leicht zu erklären. Morleys Selbstmord erklärte sich durch den Irrtum, den er im Fall Amberiotis begangen hatte. Sein Tod und der von Amberiotis heben sich gegenseitig auf. Nur ein bedauerlicher Unglücksfall.

Aber zu Ihrem Pech ist Hercule Poirot auf der Szene. Poirot hat Zweifel, Poirot erhebt Einwände. Es geht nicht alles so glatt, wie Sie gehofft hatten. Sie müssen also eine zweite Verteidigungslinie errichten. Es muß für den Notfall ein Sündenbock vorhanden sein. Über Morleys Haushalt haben Sie schon genaue Erkundigungen eingezogen. Da ist dieser Frank Carter – der wird genügen. Ihre Komplizin sorgt dafür, daß er auf geheimnisvolle Weise als Gärtner angestellt wird.

Wenn er später etwa eine derartig lächerliche Geschichte erzählen sollte, wird ihm niemand Glauben schenken. Irgendwann wird die Leiche in der Pelztruhe ans Licht kommen. Zuerst wird man sie für die von Miss Sainsbury Seale halten, dann aber wird die Identifizierung des Gebisses erfolgen. Große Sensation! Auf den ersten Blick erscheint das als unnötige Komplikation, aber es war notwendig. Sie wünschen nicht, daß die ganze englische Polizei nach einer verschwundenen Mrs. Albert Chapman fahndet. Nein, Mrs. Chapman soll ruhig tot bleiben, und Miss Sainsbury Seale soll diejenige sein, nach der gefahndet wird – denn die kann die Polizei nie finden. Außerdem werden Sie auf Grund Ihres großen Einflusses nach und nach erreichen können, daß man den Fall einschlafen läßt.

Es war für Sie dringend notwendig, ständig auf dem laufenden zu sein über das, was ich unternahm. Deshalb ließen Sie mich zu sich kommen und beauftragten mich mit der Suche nach der Verschwundenen. Und Sie fuhren fort, mir ständig wieder eine bestimmte ›Spielkarte aufzuzwingen‹. Ihre Komplizin rief mich an, um mich auf dramatische Weise vor der Übernahme des Auftrags zu warnen. Mir sollte suggeriert werden, es handle sich um Politik, Spionage, was weiß ich – jedenfalls um nichts Persönliches oder Privates. Ihre Gattin ist eine glänzende Schauspielerin, aber wenn man die eigene Stimme verstellt, so neigt man unwillkürlich dazu, eine Fremde nachzuahmen. Ihre Gattin ahmte die Stimme von Mrs. Olivera nach. Das hat mir – ich gestehe es offen – viel Kopfzerbrechen verursacht.

Dann luden Sie mich nach Exsham ein – der Schlußakt wurde aufgeführt. Wie einfach, in den Lorbeerbüschen eine geladene Pistole derart zu befestigen, daß sie losgeht, wenn die Büsche gestutzt werden! Die Pistole fällt dem Mann vor die Füße. Verblüfft hebt er sie auf. Was verlangen Sie mehr! Man hat ihn auf frischer Tat ertappt – im Besitz einer Pistole, die der Mordwaffe im Fall Morley gleicht wie ein Ei dem anderen, und zur Begründung seiner Anwesenheit vermag er nur ein lächerliches Märchen vorzubringen. Das war die Falle, in die Hercule Poirot tappen sollte.«

Alistair Blunt bewegte sich in seinem Sessel. Sein Gesicht war ernst und etwas traurig. Er sagte: »Mißverstehen Sie mich nicht, Poirot. Wieviel von alledem ist bloße Vermutung? Und wieviel wissen Sie wirklich?«

Poirot erwiderte: »Ich besitze – ausgestellt von einem Standesamt in der Nähe von Oxford – die Abschrift eines Trauscheins von Martin Alistair Blunt und Gerda Grant. Frank Carter hat gesehen, wie kurz nach zwölf Uhr fünfundzwanzig zwei Männer Morleys Sprechzimmer verließen. Der erste war ein dicker Mann: Amberiotis. Der zweite waren natürlich Sie. Frank Carter hat Sie nicht erkannt. Er hat Sie nur von oben gesehen.«

»Anständig von Ihnen, M. Poirot, daß Sie mir das sagen!«

»Carter ging ins Sprechzimmer und fand Morleys Leiche. Sie war schon erkaltet, und das Blut an der Schußwunde war schon trocken. Das bedeutete, daß Morley bereits einige Zeit tot war. Deshalb konnte der Zahnarzt, der Amberiotis behandelt hatte, nicht Morley, sondern nur dessen Mörder gewesen sein.«

»Noch etwas?«

»Ja. Helen Montressor ist heute nachmittag verhaftet worden.«

Alistair Blunt zuckte zusammen. Dann saß er ganz still. »Das – dürfte wohl entscheidend sein!« flüsterte er.

»Jawohl. Die echte Helen Montressor, Ihre entfernte Cousine, starb vor sieben Jahren in Kanada. Das hatten Sie verschwiegen und sich zunutze gemacht.«

Ein Lächeln trat auf Alistair Blunts Lippen. Er begann zu erzählen, zwanglos und mit einem fast jungenhaften Vergnügen. »Das Ganze hat Gerda riesigen Spaß gemacht, verstehen Sie. Ich möchte gern, daß Sie das begreifen. Sie sind ein gescheiter Kerl. Ich hatte sie geheiratet, ohne meiner Familie etwas zu sagen. Sie spielte damals mit einer Theatergruppe in der Provinz. Meine Familie war ziemlich spießig, und ich sollte in die Firma eintreten. Gerda und ich beschlossen, unsere Ehe geheimzuhalten. Sie fuhr fort, Theater zu spielen. Mabelle Sainsbury Seale war ebenfalls bei der Gruppe. Sie wußte von uns beiden. Dann ging sie auf eine Auslandstournee. Gerda hörte ein paarmal aus Indien von ihr. Dann kamen keine Briefe mehr. Mabelle hatte sich mit irgendeinem Hindu eingelassen. Sie war immer eine törichte, leichtgläubige Person gewesen.

Ich wünschte, ich könnte Ihnen begreiflich machen, wie es war, als ich Rebecca kennenlernte und sie heiratete. Gerda verstand es vollkommen. Ich kann es nur so ausdrücken: Ich hatte das Glück, eine Königin zu heiraten, und spielte die Rolle des Prinzgemahls oder sogar des Königs. Meine Ehe mit Gerda betrachtete ich als morganatisch. Ich liebte sie. Ich wollte sie nicht verlieren. Und das Ganze funktionierte großartig. Ich mochte Rebecca wirklich sehr gern. Sie besaß einen hervorragenden Finanzverstand, und der meinige war dem ihren ebenbürtig. Wir haben glänzend zusammengearbeitet. Es war unerhört aufregend. Sie war eine ausgezeichnete Gefährtin, und ich glaube, daß ich sie glücklich gemacht habe. Als sie starb, empfand ich aufrichtig Trauer.

Das Sonderbare war, daß Gerda und ich an unseren geheimen Begegnungen immer mehr Gefallen fanden. Wir hatten alle möglichen schlauen Kombinationen. Sie war die geborene Schauspielerin und verfügte über ein Repertoire von sieben oder acht Charaktergestalten – Mrs. Chapman war nur eine davon. In Paris spielte sie eine amerikanische Witwe. Dort traf ich sie, wenn ich geschäftlich nach Frankreich fuhr. Dann wieder fuhr sie als Malerin nach Norwegen, wo ich zu fischen pflegte. Und später ließ ich sie als meine Cousine Helen Montressor auftreten. Die ganze Geschichte hat uns einen Riesenspaß gemacht, und wahrscheinlich haben wir damit auch unsere Liebe jung erhalten. Nach Rebeccas Tod hätten wir ja offiziell heiraten können – aber wir wollten nicht. Gerda wäre es schwergefallen, mein bürgerliches Leben mitzuleben, und natürlich hätte auch die Vergangenheit in irgendeiner Weise ans Licht kommen können. Aber der wirkliche Grund dafür, daß wir unser bisheriges Leben mehr oder weniger unverändert fortsetzten, war der, daß wir unsere Komödie nicht mehr missen wollten. Ein nach außen hin gemeinsames Leben hätten wir unerträglich langweilig gefunden.«

Blunt schwieg. Seine Stimme klang bitter und hart, als er fortfuhr.

»Und dann hat dieses närrische Frauenzimmer alles verdorben. Mich wiederzuerkennen – nach all den langen Jahren! Und natürlich hat sie es Amberiotis erzählt. Sie sehen ein – Sie müssen einsehen –, daß etwas geschehen mußte! Es ging nicht nur um meine Person – um mein egoistisches Interesse. Wenn ich ruiniert und geächtet wurde, bedeutete das auch einen schweren Schlag für das Land – für England. Denn ich habe einiges für England getan, M. Poirot. Geld als solches ist mir eigentlich gleichgültig. Dagegen liebe ich die Macht: Ich liebe es zu herrschen – allerdings ohne zu tyrannisieren. Wir sind demokratisch in England – wirklich demokratisch. Wir dürfen murren, wir dürfen unsere Meinungen äußern und über unsere Staatsmänner lachen. Wir sind frei. An alledem hänge ich – es ist mein Lebenswerk gewesen. Aber wenn ich gehen müßte – nun, Sie können sich vorstellen, was dann geschehen würde. Ich werde gebraucht, M. Poirot. Und ein verdammter, betrügerischer, erpresserischer Gauner von einem Griechen war im Begriff, mein Lebenswerk zu zerstören! Etwas mußte geschehen – auch Gerda hat das verstanden. Die Sainsbury Seale hat uns leid getan – aber es nützte nichts: Wir mußten sie zum Schweigen bringen. Wir konnten uns nicht darauf verlassen, daß sie den Mund halten würde. Gerda suchte sie auf, lud sie zum Tee ein, sagte ihr, sie wohne vorübergehend in Mrs. Chapmans Apartment. Mabelle Sainsbury Seale kam, ohne den geringsten Verdacht zu schöpfen. Sie hat nichts gespürt: Im Tee war Medinal, das ist ganz schmerzlos. Man schläft einfach ein und wacht nicht wieder auf. Das Gesicht haben wir erst hinterher verstümmelt – es war gräßlich, aber wir hielten es für notwendig. Mrs. Chapman mußte endgültig vom Schauplatz verschwinden. Ich hatte ›meiner Cousine Helen‹ ein Häuschen auf meinem Besitz in Exsham zum Wohnen überlassen. Wir hatten die Absicht, nach einer gewissen Zeit nun doch offiziell zu heiraten. Aber erst mußten wir Amberiotis aus dem Weg räumen. Es ging glänzend. Er hat überhaupt nicht gemerkt, daß ich kein richtiger Zahnarzt war. Die Spritze habe ich tadellos gehandhabt. Den Bohrer habe ich allerdings nicht riskiert. Aber nach der Injektion konnte er natürlich auch nicht mehr genau fühlen, was ich mit seinen Zähnen anstellte.«

Poirot fragte: »Wie war das mit den Pistolen?«

»Die gehörten ursprünglich einem Sekretär von mir, den ich einmal in Amerika beschäftigt habe. Sie waren irgendwo im Ausland gekauft. Er hat sie bei mir vergessen, als er fortging.« Eine Pause entstand. Dann fragte Blunt: »Möchten Sie sonst noch etwas wissen?«

»Und Morley?« sagte Poirot leise.

»Es hat mir leid getan um Morley«, erwiderte Blunt. Hercule Poirot sagte: »Aha – ich verstehe . . .«

Nach langem Schweigen fragte Blunt: »Nun, M. Poirot, was wird jetzt geschehen?« Poirot antwortete: »Helen Montressor ist bereits verhaftet.«

»Und nun bin ich dran?«

»Ja, das habe ich gemeint.«

Blunt fragte leise: »Sie haben nicht viel Freude daran – oder?«

»Nein, ich bin gar nicht erfreut.«

Alistair Blunt sagte: »Ich habe drei Menschen getötet. Ich müßte also vermutlich gehängt werden. Aber Sie haben meine Verteidigung gehört.«

»Worin besteht Ihre Verteidigung?«

»Ich bin nach bestem Wissen und Gewissen der festen Überzeugung, daß ich dringend gebraucht werde, um unserem Land Frieden und Wohlstand zu erhalten.«

»Von Ihrem Standpunkt aus mögen Sie vielleicht recht haben«, gab Poirot zu.

»Also, was geschieht?«

»Sie meinen, ich soll den Fall – aufgeben?«

»Jawohl.«

»Und Ihre Frau?«

»Ich habe ziemlichen Einfluß. Man könnte es auf eine Personenverwechslung hinauslaufen lassen.«

»Und wenn ich mich weigere?«

»Dann«, erwiderte Blunt ruhig, »bin ich erledigt.«

Hastig fuhr er fort: »Sie haben es in der Hand, Poirot. Aber ich wiederhole – und ich sage das nicht nur, um

194

mich zu retten: Die Welt braucht mich. Und wissen Sie, warum? Weil ich ein ehrlicher Mensch bin. Und weil ich gesunden ·Menschenverstand habe – und keine selbstsüchtigen Ziele verfolge.«

Poirot nickte. Seltsamerweise glaubte er Blunt aufs Wort.

»Ja, das ist die eine Seite der Angelegenheit. Sie sind der richtige Mann auf dem richtigen Platz. Aber es gibt eben noch die andere Seite: drei Menschen, deren Tod Sie verschuldet haben.«

»Ja, aber überlegen Sie sich einmal: was für Menschen! Mabelle Sainsbury Seale – von der haben Sie selbst gesagt: ›Eine Frau mit dem Verstand einer Henne!‹ Amberiotis – ein Schwindler und Erpresser!«

»Und Morley?«

» Ich habe Ihnen schon gesagt: Um Morley tut es mir leid. Das war ein anständiger Kerl und ein guter Zahnarzt – aber schließlich gibt es noch andere Zahnärzte.«

»Ja«, nickte Poirot, »es gibt noch andere Zahnärzte. Und Frank Carter? Den hätten Sie gleichfalls ohne Bedenken sterben lassen?«

»Mit dem habe ich kein Mitleid. Der taugt nichts. Ein ganz unnützer Geselle!« erwiderte Alistair Blunt.

»Aber auch ein Mensch . . .«

»Nun ja, Menschen sind wir schließlich alle . . .«

»Eben, wir alle sind Menschen – das scheinen Sie zu vergessen. Sie sagen, Mabelle Sainsbury Seale sei ein törichter Mensch gewesen, Amberiotis ein gemeiner Mensch, Frank Carter ein unnützer Mensch und Morley – nun, Morley nur ein Zahnarzt, und Zahnärzte gebe es in Hülle und Fülle. Das ist der Punkt, an dem unsere Auffassungen sich trennen. Für mich ist das Leben dieser Menschen ebenso wichtig wie Ihr Leben.«

»Da irren Sie sich!«

»Nein, ich irre mich nicht. Einen einzigen Schritt irrten Sie vom Weg ab – und äußerlich hat das an Ihnen nichts verändert. Nach außen hin sind Sie der gleiche geblieben: aufrecht, verläßlich, ehrenwert. Aber in Ihrem Innern schwoll das Bedürfnis nach Macht zu überwältigender Größe. So haben Sie vier Menschenleben geopfert und sich nichts dabei gedacht.«

»Ist Ihnen denn nicht klar, Poirot, daß die Sicherheit und der Wohlstand der ganzen Nation von mir abhängt?«

»Ich kümmere mich nicht um Nationen, Monsieur. Ich kümmere mich um das Leben einzelner Menschen, die ein Recht darauf haben, daß ihnen dieses Leben nicht mit Gewalt genommen wird.«

Er stand auf.

»Das also ist Ihre Antwort«, flüsterte Alistair Blunt.

Hercule Poirot erwiderte mit müder Stimme: »Ja – das ist meine Antwort . . .«

Er ging zur Tür und öffnete sie. Zwei Männer betraten das Zimmer.

Poirot stieg die Treppe hinunter. Im Erdgeschoß wartete ein Mädchen. Jane Olivera lehnte blaß und abgespannt am Kamin, neben ihr stand Howard Raikes.

Sie fragte: »Nun?«

Behutsam sagte Poirot: »Es ist alles vorbei.«

Raikes knurrte: »Was meinen Sie damit?«

»Alistair Blunt ist unter Mordanklage verhaftet worden.«

Raikes warf ein: »Ich dachte, er würde sich bei Ihnen mit einem Scheck loskaufen.«

»Nein, das habe ich nie gedacht«, versicherte Jane.

Poirot sagte seufzend: »Die Welt gehört euch. Der neue Himmel und die neue Erde. In eurer neuen

Welt laßt Freiheit sein und Mitleid. Das ist alles, was ich von euch will.«

Hercule Poirot ging durch die verlassenen Straßen zu Fuß nach Hause. Eine unauffällige Gestalt schloß sich ihm an.

»Nun?« fragte Mr. Barnes.

Hercule Poirot zuckte die Achseln und machte eine Gebärde des Bedauerns.

Barnes fragte: »Wie hat er sich verteidigt?«

»Er hat alles zugegeben und nur eingewandt, daß seine Handlungsweise gerechtfertigt gewesen sei. Er sagt, sein Land brauche ihn.«

»Das stimmt«, meinte Mr. Barnes.

Nach ein paar Augenblicken setzte er hinzu: »Glauben Sie nicht?«

»Doch, das glaube ich.«

»Also – dann . . .«

»Vielleicht irren wir uns«, sagte Hercule Poirot.

»Daran habe ich nie gedacht«, erwiderte Mr. Barnes. »Ja, vielleicht irren wir uns.«

Sie gingen schweigend ein Stück weiter. Dann erkundigte sich Barnes neugierig: »Worüber denken Sie nach?«

Hercule Poirot zitierte aus der Bibel: »Weil du nun des Herrn Wort verworfen hast, hat er dich auch verworfen, daß du nicht König seist.«

»Hm – ich verstehe«, murmelte Mr. Barnes. »Saul – die Amalekiter. Ja, so könnte man es deuten.«

Sie gingen wieder weiter. Plötzlich sagte Mr. Barnes: »Ich steige hier in die Untergrundbahn. Gute Nacht, Poirot.«

Unschlüssig blieb er stehen. Dann sagte er verlegen: »Wissen Sie, ich wollte Ihnen schon immer etwas sagen.«

»Ja, *mon ami?*«

»Ich habe das Gefühl, daß es meine Pflicht ist. Habe Sie unabsichtlich irregeführt. Handelt sich um Albert Chapman. Q. X. 912.«

»Ja?«

»Ich bin Albert Chapman. Das ist einer der Gründe, weshalb ich an dem Fall so interessiert war. Verstehen Sie: Ich wußte, daß ich nie verheiratet war.« Er eilte kichernd davon.

Poirot stand unbeweglich da. Dann seufzte er tief und wandte sich heimwärts.